騒然 天下御免の信十郎7

幡 大介

時代小説

二見時代小説文庫

目次

空城騒然——天下御免の信十郎7

第一章　黄土の風

一

明《みん》暦・天啓六年　後金《こうきん》暦・天命十一年（西暦一六二六）――早春。

鬼蜘蛛《おにぐも》が肩を窄《すぼ》めて身震いをした。

「おお。冷たい風や」

凍りつくような風が荒涼とした大地を吹き渡っている。鬼蜘蛛の外套の衿が激しくはためいた。強風をまともに顔に浴びてしまい、目に土埃が入ったのか、鬼蜘蛛は拳で目を擦《こす》った。

信十郎《しんじゅうろう》は見張台の上に立っていた。その台は赤い土を突き固めて造られていた。

色違いの土が幾重にも積み重なっている。版築《はんちく》工法によってできる特有の色模様であった。

信十郎は北の彼方を遠望した。見渡す限り何もない。黄色く霞んだ地平線が広がっているばかりだ。

信十郎は風景に心を動かされやすい男で、初めてこの雄大な光景を目の当たりにしたときには、感動のあまり言葉を失ったものだったが、さすがに毎日見ていれば飽きがくる。

しかもこの風景、どこまで行っても代わり映えがしない。

「山がちな日本国の景色というものは、変化があってよいものだな」

などと思ったりしていた。


「おい、飯でござるぞ」

見張台の下から声をかけられた。真っ黒に煤けた顔の日本人が白い前歯を見せて笑っている。

「飯かや」

鬼蜘蛛が梯子《はしご》に飛びつく。ブクブクと着膨れした姿だが、身軽な仕種《しぐさ》で梯子を降りた。

代わりに、今の男が台の頂上まで昇ってきた。

「変わりはござらぬか」

信十郎は答えた。

「何も。騎馬武者が一騎、走り抜けて行っただけです」

男はつまらなさそうな顔つきで「フン」と鼻を鳴らした。

「斥候《せっこう》でござろう」

黄色い土埃が吹きつけてきた。信十郎は目に痛みを感じて瞼を閉じた。

信十郎も梯子を降りた。代わりに、今の男が見張りについた。見張台の上に高々と掲げられた旗が、激しい音をたてってはためいていた。

信十郎たちが籠もる砦は、五十間四方ほどの四角形をしていた。城壁はやはり版築で造られている。版築の城壁で囲まれた中に、日本人が二百名ほど、駐屯していた。

城壁の上には日本の誇る鉄砲が並べられていた。日本の鉄砲の命中精度、破壊力と、日本兵の鉄砲の扱いはアジア随一である。日本からきた浪人たちの傭兵が明国軍に重宝される理由がそこにあった。

日本は文禄慶長《ぶんろくけいちょう》の役《えき》で明国と戦った宿敵だったが、日本人傭兵たちはどこの戦場でも引っ張りだこで、明国の将軍たちは競って配下に収めたがった。

見張台の下に小屋が建っている。組頭たちが集まって漢人風の卓を囲み、胡人《こじん》風の椅子に座って飯を食っていた。

飯もやはり、漢人風の品揃えである。小麦を練って作った麺を器用に啜り、肉の汁も厭《いと》わずに食う。

彼らは関ヶ原や大坂戦で敗れた浪人たちとその子息だ。日本を離れて二十年以上になる者もいれば、こちらで生まれた青年武将もいる。完全に漢人の風俗になじみきっている。

「さぁ、飯やでぇ」

鬼蜘蛛が嬉々として卓にとりついた。給仕役の兵（日本でいえば足軽）が麺と肉汁をよそってくれた。

信十郎が席に着くと、この砦の大将格の老武士が、燻銀《いぶしぎん》の笑みを向けて訊《たず》ねてきた。

「金《きん》兵の様子はいかがでござったかな」

この大将格は名を杉九郎右衛門《すぎくろうえもん》という。元は豊後《ぶんご》の大友《おおとも》家の侍大将だったという。

大友家は一時は北九州のほとんどを制覇したほどの大大名であったのだが、島津《しまづ》との戦いに敗れ、さらには関ヶ原の合戦では西軍について、東軍の黒田家に敗れ、滅亡した。

　大友家の浪人たちは伝《つて》をたどって勝ち組大名家に仕官したり、刀を捨てて百姓になったりしたのであるが、中にはこの杉のように、海の向こうに新天地を求めた者もいた。

　九州の沿岸地方は海外との貿易も盛んであるし、文禄慶長の役では大友家も朝鮮半島に渡って戦った。国境の海は彼らにとっては、たいした障害でもなかったのである。

　信十郎は首を横に振った。

「よろしくありませんな。北風が土埃をたくさん運んできました」

　杉はニヤリと笑って頷いた。

「左様でござろう。あちらもそろそろ春だ。気もそぞろになっておることでござろうよ」

　遙か北方の草原地帯で金国の大軍が調練を開始している。信十郎や鬼蜘蛛を悩ませた土埃は、金国の騎馬軍団が蹄《ひづめ》でかきあげたものだったのだ。

　杉はつづけた。

「一方、こちらは春窮《しゅんきゅう》期だ。秋の実りは冬のあいだに食いつくし、春の実りにはまだちょっとばかり間がある。戦に慣れた金兵どもが、この好機を見逃すはずがござらぬ」

金は、女真《ジュルチン》族のヌルハチが建てた国である。歴史上では後金と呼ばれているが、同時代の人は金としか呼ばない。金国はのちに国号を清《しん》に改める。どちらも『チン』と発音する。

騎馬民族の主食は肉である。彼らは無数の羊を放牧していて、冬でも春でも食べ物には困らない。羊の群れを連れて進軍すれば、どれだけ長距離の遠征にも、長期間の戦争にも耐えられる。戦争計画の立案が容易なのだ。

一方、農地と農作業に縛られている農耕民族は、遠征や長期の従軍が難しい。

と、そのとき、鬼蜘蛛が憎々しげに声をあげた。

「なんや、この肉汁、ずいぶんと薄っこいやないか。まるで白湯《さゆ》やで」

何に対しても一くさり、文句を言わずにいられない鬼蜘蛛は、罰当たりなことに食べ物に対しても平気で文句を言う。

「なるほど、春窮のようですな」

信十郎も、自分の前に置かれた汁の、透き通るような薄さを見て、思わず苦笑した。

杉も苦笑いで返した。

「いや、これは春窮とは関わりござらぬぞ」

フフフ、と、意味深に笑って、

「機を見るに敏なのは金兵ばかりではござらぬのでな」とつづけた。

「どういう意味です」

「あちらの総大将」

肩ごしに窓のほうに顎を向けた。

窓の向こうに大きな城砦が見える。日本人部隊が駐屯するこの小さな砦とは比較にならない巨大さだ。城壁の四方には堅固な櫓《やぐら》が築かれ、城内の中心には御殿のような建物が造られていた。

明と金との国境を守る城である。日本人の砦は、その本城を護る出城であった。明国人の将軍が詰める本城の周囲にいくつかの出城が配され、日本人だけでなく、モンゴル人や鮮卑《せんぴ》族などの異民族部隊が配備されていた。

日本人が本城に入れてもらえないのは、もちろん、文禄慶長の役のときの敵国で、明国人から信用されていないためである。と同時にこの出城は、本城を護るための捨て石でもあった。明国の傭兵である日本兵たちは、いつでも使い捨てにできる手駒として利用されていたのだ。

この出城に供される食事はすべて、本城の食料庫から運ばれてくる。それが日に日に粗末になり、量も少なくなってきていた。

杉は、せせら笑いながら説明した。

「我らの大将軍殿も機を見るに敏なる御方よ。金国の総攻めが近いことを知っておられる」

「なるほど、だから食料の備蓄に気を配っておられるのですな」

長期間の籠城に耐えられるように、平時の給食を減らしておこうという配慮か、と思ってそう言ったら、杉はますます可笑《おか》しそうに笑った。

「違う違う。大将軍殿は逃げ出す算段をしておられるのだ。逃げ出す土産にのう、城の備蓄米や軍資金、武器弾薬などを、ご自分の御領地に運ぼうとなさっておられる」

「なんと！」

目を丸くして驚いた信十郎を見て、杉は「してやったり」というような顔をした。

「驚くほどのことではござらぬ。この大陸では普通の風習でござるよ」

「しかし、食事や弾薬を減らされては、我らは戦えませぬ」

信十郎も、多少は漢人の気質を理解しつつある。明国の将兵は、逃げる際、日本人を含めた異民族の部隊を置き去りにして、彼らが戦っているうちに、遠くまで逃げ延びようとするであろう。

そうなったら日本人たちは、自分の力で金国軍の包囲を破り、追撃を振り切って逃げねばならない。武器弾薬と食料がなければどうにもならない。

しかし、杉は余裕たっぷりに微笑んだ。

「まぁ、それはどうにかなろうよ。見ていてござんなされ」

いったい何がどうなるのか、それを説明してはくれなかった。

杉は関ヶ原の敗北以来、数百人規模の浪人部隊を率いて、この大陸で戦い、生き延びてきた男だ。なにかしら良策を胸に秘めているのであろう、と信十郎は思った。

二

夜が更《ふ》けていく。地平の彼方から、なにやら騒擾《そうじょう》が伝わってくるようだ。金国軍の本隊は、まだ千里の彼方であるけれども、地平を埋めつくす人馬の響きが轟々《ごうごう》と、北風に乗って聞こえてくるように思われた。

信十郎は城壁に立って地平に目を向けた。ぼんやりと明るく見えるのは、金国軍の松明《たいまつ》であろうか。

否、と信十郎は思った。松明の炎はもっと近くで焚かれている。

「夜逃げでござるよ」

突然、すぐ後ろから声をかけられた。振り返ると杉が鎧を着けて立っていた。

「波芝《なみしば》殿、こんな夜更けまでの見張り、大儀でござるな。お若いとは申せ、身は厭わねばなりませぬぞ。そろそろお休みなされよ」

「いえ、それがしは大丈夫です。……それよりも、夜逃げ、とは？」

「ああ……、あれを御覧じろ」

杉が指差した先で、松明を掲げた荷車が静々と夜道を移動していた。本城の裏門から抜け出した隊列が、ゆっくりと南に下っていく。

「大将軍殿もいよいよ腰を上げたようだ。大将軍が逃げるということは、金国が攻めてくるということ。大戦《おおいくさ》が間もなく始まろう」

「我々はどうするのです」

金国の大軍に取り囲まれたら命はない。

「それとも降伏して、今度は金国に雇われ直すのですか」

杉は笑った。

「あなたも大陸風のものの考え方ができてきたようだ。左様ですな。いずれは金国に雇われましょう。明国に雇われていても先行きは暗い。……しかし、それはちょっと先の話だ」

「と、仰《おつしや》ると」

信十郎が詳しく聞こうとしたそのとき、突然、眼下で騒々しい足音がした。

「東より騎馬が三騎！」

夜目の利く見張りの者が報告をよこしてきた。

この出城に向かって騎馬が走ってくるらしい。目を転じれば、たしかに松明らしい灯がチラチラと揺れているのが見えた。

三騎であれば、奇襲ということもあるまい。まして松明まで掲げている。

やがて、騎馬の一行は、出城の東の門前で馬首をとめた。

「おう」と、信十郎は破顔した。

「飛虹《ヒコウ》か」

鄭芝龍《テイシリユウ》、字《あざな》は飛虹、明国人であるが、日本国の五島列島に本拠を構える倭寇《わこう》の若き顔役である。

明国政府の禁海政策（鎖国）によって明国沿岸部を追われた海商たちが日本に渡っ

て倭寇となった。倭寇ではあるが歴とした海の商人である。しかしこの時代であるから海商たちは自衛のために武装している。明人擬倭の一官党《いっかんとう》は東アジア最強の海軍力を誇っていた。

「おう、シンジュウロ。門ば開けてくれんね」

久闊《きゅうかつ》の挨拶もなく、気軽に笑顔を向けてくる。城門が開けられると、供の者二人を従えて堂々と城内に入ってきた。

日本人の兵が駆け寄って轡《くつわ》を取る。鄭芝龍は「おう、すまんばい」とすっかり板についた博多弁で会釈をして、馬から降りた。

鄭芝龍の妻は日本人、平戸松浦《ひらどまつら》家の藩士の娘、田川松《たがわまつ》である。先年、長子が生まれたばかりだ。成功《セイコウ》と名付けられた男子は、今、日本で扶育中のはずだ。

信十郎と杉九郎右衛門は城壁を降りた。鄭芝龍は日本人と結婚してからますます巧みになった日本語で、流暢に語りかけてきた。

「おう、生きておったとは重　畳《ちょうじょう》重畳。どうやら、金国の総攻めには、間に合ったようばい」

「わざわざ御足労いただき、かたじけのうござる」

杉が深々と低頭した。元は大友家の侍大将とはいえ、今ではしがない傭兵隊長。一官党の幹部である鄭芝龍のほうが立場は上だ。鄭芝龍は「よかよか」と鷹揚に受けて胸を張った。

「こっちも儲けさせてもらう話ばい。堅苦しい挨拶はいらんばい」

日本人の浪人傭兵たちは、海上移動の際には明人倭寇の力を借りている。普段は日本で生活し、大陸で騒乱が発生するたびに船で大陸に渡って稼いでくる、などという者もいた。徳川幕府が鎖国令を出す以前の日本、特に九州地方の人々は、大陸と日本を股にかけて生活していたのだ。

海商として八代海《やつしろかい》にも足を伸ばし、肥後の熊本にも寄港していた鄭芝龍と、加藤家の御曹司でありながら無軌道な冒険好きの信十郎は、すぐに打ち解けて義兄弟の契《ちぎ》りを交わした。浪人傭兵部隊の中で、新参者の信十郎が顔を立ててもらっているのは鄭芝龍の兄弟分だからである。信十郎も鄭芝龍も、まったく自覚していないが、一官党の幹部とその兄弟分といえば、東アジア世界では相当な顔役なのだ。

もっとも信十郎は、東アジアを制覇しようとした豊臣秀吉《とよとみひでよし》の子である。一官党とはまた別格の大人物であるはずなのだ。

しかし、信十郎は身分をひけらかすつもりはないし、ひけらかすわけにもいかない。明国の領土内で秀吉の子であることなどが知れたら、たちまちのうちに殺されてしまうであろう。

鄭芝龍は、杉と何事か密談をかわしてから、すぐに信十郎の許に戻ってきた。

鄭芝龍は破天荒な快男児であるが、やはり海商であるので計算高いところがある。もっとも、それも立場上無理からぬところで、鄭芝龍は数百人からの配下を抱えている。商売が上手く進まなければ数百人の部下とその家族がたちまち干上がる。

なにやら上機嫌にしているところを見ると、杉とのあいだでよほど好条件の商談が成立したようだ。

「儲け話とは、なんのことだ」

信十郎は訊《き》いてみた。鄭芝龍はニンマリと笑った。

「シンジュウロは知らんほうがよかばい」

そう言われてしまうと、あえて詮索する気もなくなる。

「それより、これ」

鄭芝龍は懐から手紙を取り出した。

「鉄砲洲《てっぽうず》の太物屋《ふとものや》からばい」

「庄左衛門《しょうざえもん》殿か」

江戸の伊賀者の束ねをしている服部庄左衛門《はっとり》は、鉄砲洲で太物（木綿の反物）の問屋を開いていた。忍家の服部家は戦国時代、三河木綿の販売を通じて、日本じゅうの情報を探っていた。反物売りに化けた忍びが行商をしながら全国を回っていたのである。

そもそも服部家の先祖は渡来人の秦氏《はた》であるとも言われている。秦氏は日本に機織の技術を持ち込んできた氏族だ。その名残《なごり》で今でも服部家は反物と密接に関わっていた。服部《ふくべ》とは天皇家に服を納める民のこと。ハットリとは機取《はたと》りの訛伝《かでん》という説もある。

とにもかくにも、没落した服部半蔵《はんぞう》家に代わって徳川の忍軍を指揮している男から書状が届いた。何にしても、ろくなことではなさそうだ。

信十郎は手紙を開いた。斜めに読む。

鄭芝龍はちょっと離れたところでニヤニヤとしている。信十郎は鄭芝龍に訊ねた。

「手紙の中身を知っているのか」

手紙を運ぶように託された使者は、内容について話して聞かされることがある。手紙を受け取った者が一読して疑問を感じたときに、その疑問に口頭で答えるためだ。

「いいや。知らんばい。何が書かれてあると？」

信十郎はもう一度読み直してから、慎重に答えた。

「右府《うふ》様と内府《ないふ》様が京に上られる」

右府（右大臣）様とは徳川二代将軍の秀忠《ひでただ》のこと。今は隠居して大御所となり、江戸城西ノ丸に政庁を構えている。内府（内大臣）様とは三代将軍家光《いえみつ》のことで、ようやく竣工のなった江戸城本丸御殿に移り、実はともかく名目だけは、将軍らしい体面を整えつつある昨今であった。

「江戸の大君《タイクン》、また上洛か」

「うむ」

三年前の元和《げんな》九年（一六二三）にも上洛を果たし、家光は伏見城に勅使を迎えて将軍宣下の儀式を挙行した。

この上洛の際には、徳川家の伸長と皇室に対する横車を快く思わぬ者たちによって、さまざまな妨害を受け、散々な目に遭わされた。家光も何度となく、生死の境をくぐり抜けねばならなかったのだ。

「また、一悶着起こるか」

信十郎は内心ウンザリとしたのであるが、

「吉報のようだな」

と、鄭芝龍に指摘されてしまった。

「吉報？」

「なにやら、精気が漲《みなぎ》ったような顔をしとるばい」

「ほう」

人の目にはそう映っているのか、と信十郎は思った。半分意外であるのと同時に、半分は納得できることでもあった。

「俺は生来の戦好きであるようだ」

「そのようばい。畳の上では死ねん男ばいね」

この二年近くのあいだ、日本国はとにかく平和であった。徳川の治世がよろしく、また、庶民も『もう戦は懲り懲りだ』という気分になっている。戦国時代の騒乱を支えていたのは庶民たちの下剋上《げこくじょう》願望である。上を倒してのし上がりたいという願望が燃料となって、戦国時代という巨大な炎を燃え上がらせてきた。

しかし、民人たちもさすがに疲れ果て、平和な世の中を希求する気持ちになっている。日本国じゅうが戦よりも平和を求める空気に包まれはじめていたのだ。

こんな時期に為政者となった徳川一族は幸運であった。

しかし、それでは面白くない――と感じる者たちもいた。

合戦で勝利することで一発逆転、人生の成功者になろうと謀る浪人たちは、平和な日本ではすることが何もない。身分も固定されてしまって、一生浪人者のままだ。仕方がないので彼らはこうして、他国にまで赴いて、身につけた戦の腕と知識を売り歩いている。

信十郎もまた同じであった。加藤清正《かとうきよまさ》は信十郎にさまざまな武芸や軍学を授けてくれたが、平時を生きる技能は教えてくれなかった。

平和な世の中では何もすることがないし、何もできない。日がな一日、鉄砲洲の太物屋の奥座敷で管を巻いて、ゴロゴロと寝ころがっているだけなのだ。

鄭芝龍に誘われるがままに、明国の国境線にまで足を伸ばした理由は、ただただ暇を持て余していたから、だったのだ。

(日本国で騒動が起こるというのであれば、戻らぬわけにもいかぬ……)

などと信十郎は考えた。

金国の総攻めが近いから、逃げ出す理由を考えていたわけではない。持ち場を放棄して逃げ出す気になっているのは、明国人の大将軍を筆頭にして、この戦線のすべての将兵なのだ。実際に夜逃げは粛々と始まっている。杉も踏みとどまって戦うつもりなどないだろう。

「ならば、帰るか」

「それがよか。そろそろ戻ってやらぬと、子供がくさ、父親の顔を忘れるばい」

「そうであったな」

信十郎がそう呟くと、鄭芝龍は「プッ」と噴き出した。

「父親のほうが、子供のことば忘れておったとかい」

信十郎は返す言葉もない。

「子供というのは、不思議なものだな」

「何が不思議たいね」

「まだ、俺の子なのだという実感が湧かない」

「それは、信十郎が薄情者だからたい」

「そうかもしれぬな」

鬼蜘蛛などは、ミヨシとのあいだに生まれた赤子を、それこそ、舐めるように可愛がっている。本当に、目に入れても痛くないのではあるまいか、というような、手放しの可愛がりようだ。

「鬼蜘蛛のためにも、そろそろ戻らねばなるまい」

「うむ。こんな所に居すわっていても犬死にたいね」

鄭芝龍は視線を東に向けた。

「ここから十五里、黄海の湊《みなと》にオイの船ば着けちょる。湊まで走ればよか」

次に北天に目を向けて不敵に笑った。

「金の軍勢は、海は渡れんばい」

遊牧民族の騎馬軍団は海に弱い。そもそも船を持っていない。仮に、小舟で乗り出してきたとしても、明人倭寇の海軍力には絶対に、太刀打ちできない。

世界最強、無敵艦隊《アルマダ》を擁したイスパニア海軍のアジア派遣艦隊とも互角以上に渡り合っていたのが、この当時の明人擬倭であった。

そこへ、いつの間にやってきたのか、杉九郎右衛門が声をかけてきた。

「まだ、逃げるわけにはいきませぬよ」

信十郎は訊ねた。

「なにゆえです」

総大将の明人将軍が夜逃げをしたのだ。明国人が逃げ出したのだから、外国人の日本人が踏みとどまって戦う義理はない。

しかし杉は、悠然とほくそ笑んでいる。

「このままでは鄭爺《ティエイ》（鄭の旦那）に支払う金がない。日本まで逃げるにしても、金がないでは義理が悪い。それに故郷《くに》には、わしらの稼ぎを待っている家族がおるのでな」

「では、どうするのです」

「金が届くのを待つ」

杉は不思議なことを言い、鄭芝龍は得たりと頷いた。

信十郎だけが、何がなにやらわからない、という顔つきだ。

傍らの松明がパチパチと音をたてて火の粉を夜空に噴き上げた。

三

翌朝。空は青く晴れ渡っていた。山東省《さんとう》のこのあたりは、すでに乾燥地帯にかかっている。空がどんよりと曇ることなどほとんどない。常に乾燥して澄んだ空気が広がっている。

北の彼方から蟻の大軍のようにも見える黒い何かが、地平一杯に広がりながら迫ってきた。

八色の旗がたなびいている。金国王ヌルハチは自軍の部隊を八つの軍に分けて、それぞれに色の異なる旗を持たせている。いよいよ、金国の総攻撃が始まろうとしていたのだ。

「それにしても、えらい大軍やで」

鬼蜘蛛が武者震いを繰り返しながら呟いた。

喧嘩好きの鬼蜘蛛は、戦となっても臆することはほとんどない。もともとが、命を捨てた忍びである。さらには子供まで生まれ、「いつ死んでも惜しくない」などと常々口にしていた。

それに、これほどまでの大軍となると、恐怖を感じるより先に感情が圧倒されてしまう。城壁に立った者たちは皆、ポカンと大口を開けて見入っている。飲み込まれてしまっている、と言ってもよかった。

「あれほどの大軍に攻めかかられたら……」

本城でも半月も持たないであろう。もっとも、将兵の幹部が夜逃げした城だ。城攻めの開始と同時に降伏するはずである。

いずれにしても、日本人の浪人傭兵が守備するこの出城など、鎧袖一触《がいしゅういっしょく》、一刻ももたずに攻め潰されるに違いなかった。

（杉殿は、どうなされるつもりであろうな）

黄海の湊では鄭芝龍の船が待っているはずだ。鄭芝龍は昨夜のうちに湊へ戻って行った。

金国軍から風に乗って、ドーン、ドーンと、太鼓の音が響いてきた。いつでも合戦を始める準備が整った様子であった。

そのとき。

信十郎は、視界の端を横切った細い土煙に目を向けた。

「なんだ、あれは」

南の方角から荷車が数台、物凄い勢いで走ってくる。近づくにつれて車軸の軋む音まで聞こえてきた。馬に鞭打つ馭者は、轅《ながえ》も折れよとばかりに鞭を入れつづけていたのだ。

それを見た杉九郎右衛門は、「よし！」と一声吠えた。

「逃げるぞ！　引き鐘！」

櫓に待機していた兵が、撞木《しゅもく》で鐘を叩きはじめた。一般的に日本国では、進撃する際には太鼓を叩き（押し太鼓）、退却を命じる際には鐘を叩く。五行思想で木の気は吉、金の気は凶とされているからだという。

即座に城門が開かれた。むろん、進撃のためではない。逃亡するためだ。

あらかじめ、杉から言い含められていた日本兵たちは、すぐにそれぞれの馬に跨がった。手に持っているのは鉄砲と半弓、腰には箙《えびら》や火薬入れを下げている。乾いた土埃を巻き上げながら、奔流のように、四方の城門から飛び出していった。

信十郎も櫓の梯子を降りた。すかさず鬼蜘蛛が馬を引いてくる。馬の鞍には左右に一丁ずつ、火縄銃がくくりつけられていた。

信十郎はスラリと飛び乗って手綱《たづな》を引く。

「遅れるなよ」

「言われるまでもないわい」

鬼蜘蛛も馬に乗る。

大陸では、移動は馬に頼っている。あまりにも広大な国土なので足軽身分であっても、自分の足では歩かない。歩いて行軍していたら戦場に着くまで何日かかるかわかったものではないからだ。

日本兵が移動に使っている馬は、明国から下賜されたものと、金軍から苦労して奪ってきたものとが半々だった。

「うひょっ」

鬼蜘蛛がおかしな声を張りあげた。馬がピョンとその場で跳ねた。忍びの鬼蜘蛛は馬の扱いには馴れていない。馬は首をあっちに向けたり、こっちに向けたりした。まったく制御できていない状態だ。

杉が馬体を寄せてきた。

「よし、行くぞ！」

杉が馬腹を蹴る。信十郎もそれにつづいた。

「うわっ、ま、待ってくれィ」

鬼蜘蛛が悲鳴をあげた。馬のほうが心得きっていて、二頭の馬につづいて走りだした。

「さきほどの荷車はなんです」

信十郎は杉に訊ねた。

杉はニヤリと不敵に笑った。

「銭金《ぜにかね》ですよ。大将軍殿から奪ってきました」

「なんと」

「まぁ、なんだ。追剝《おいはぎ》の真似事をした、というわけでござる」

勝手に逃げ出した明国の将軍の荷車の列をつけて、金を積んだ荷馬車を強奪してきたのだ、という。

「なにも盗み取ったわけではない。我らに払われるはずだった金子《きんす》でござる。明国の皇帝陛下から我らが頂戴するはずの給金を、御《おん》大将に持ち逃げされたから、取り返してやった、というだけの話でござってな」

鄭芝龍と話していた「金」とはつまり、このことであったのか。

「金を払わねば鄭爺は、我らを日本国まで運んでくれぬから」

杉はカラカラと笑った。

「そんなことより波芝殿」

「なんでしょう」

「来たぞ」

杉が肩ごしに目を向けた。信十郎が振り返ると――。

真っ黒な砂嵐が濛々と巻き上がっていた。

「これは！」

金国軍の総攻撃である。何万頭もの馬が一斉に走りだして、蹄で土をかき上げているのだ。大量の土埃が、天に届くほどにまき上がっていた。

さすがの杉も引きつった顔つきになっている。

「我らが城を捨てたのを見て、今が攻め時だと見て取ったのだ。我らの城にはもう、物資は何も残されていないと気づいたはず」

今回のような展開は、金国と明国との国境戦線では何度となく、繰り返されてきた話なのである。

「金兵は、我らが持ち逃げした荷車を目当てに追ってくるはず」

「それは大事《おおごと》だ」

「なぁに。彼らも馬鹿ではござらぬ。荷車の本体は本城から南下したはずだと読んでいる。金国軍の本体は我らの大将軍を追うだろうから」

とはいえ、金国軍の一部とはいえ、こちらを目指して追ってくる敵がいるはずで、それはやはり大軍だ。日本兵は百人単位。追ってくる騎馬武者は二千を超えているように見えた。

おまけにこちらは荷車を守っている。金塊や銅銭を満載した荷車は重く、馬二頭で引かせているが速度も遅い。いずれは追いつかれてしまう。

「ようし、一つ、蹴散らしてくれようかい」

杉は手綱を引いて馬をとめた。

「鉄砲！」

馬に乗っていた兵たちが一斉に下馬した。日本兵たちは実に厳しく訓練されていた。二人一組になって、一人が鉄砲を手にして馬から離れると、もう一人が空になった馬の轡を握って後ろに下がった。

鉄砲の組は膝立ちになって悠々と発砲の準備を始める。早合《はやごう》という、紙の筒に弾と火薬を詰めた物（のちにヨーロッパで改良されて現在の薬莢《やっきょう》に進化する）を筒先から銃身に突き込んだ。

火縄が挟まれて火皿には発火の火薬が注がれた。準備を終えた者から敵に向かって構えたが、ほとんどすべての兵たちが同時に構え終わった。

「狙え！」

と言われるまでもなく狙いはすでに定まっている。さらに言えば、狙うまでもない。金国軍は雲霞《うんか》のごとき大軍だ。撃てば必ず誰かに当たる。

杉は鉄砲の有効射程距離まで金国軍を引き付けてから、やおら、「撃てい」と、甲高い声で命じた。

凄まじい発砲音が連続し、一斉に銃口が火を噴いた。金国軍の最前列の兵たちがもんどりをうって落馬する。弾が当たった馬が棹立ちになって狂奔しはじめた。

「乗馬！」

すかさず杉が命じる。日本兵たちは鞍に飛び乗って、走りはじめた。

信十郎は惚れ惚れとした。これほどまでに統制の取れた武士の姿は、日本国では見たことがない。

日本人が日本国で平和の夢に浸っていたあいだも、この浪人たちは大陸で戦いつづけていたのだ。まだ十代の年若い者も混じっていたが、顔つきは険しく引き締まり、二十代も後半かと見紛うほどに老成している。

(これが戦国のもののふたちの顔つきか)

自分の実父の秀吉や、養父の加藤清正が青年だった頃、日本の若者たちは皆、このような顔つきで生死の狭間をくぐり抜けていたのに違いなかった。

日本兵たちはふたたび、金国軍に背を向けて走りだした。

金国軍の追撃が鈍ったように感じられた。一定の距離を保って、おそるおそる、追ってくる。

「我らの銃隊の恐ろしさは、異国《とつくに》の天下に知れ渡っておるからの」

杉が満足そうに高言した。

日本の火縄銃は、文禄慶長の役から今日に至るまで、東アジアでは最強の携帯兵器であった。イスパニアはフィリピンを占領したし、オランダは台湾を占領した。そのイスパニアもオランダも、日本の陸軍力、なかでも銃隊を恐れている。イスパニアは徳川幕府に「日本から出て行け」と言われて、唯々諾々《いいだくだく》と商館を引き払った。オランダは商館長を徳川幕府の旗本格としてもらうことで、徳川家のご機嫌を窺っていた。インドのムガール帝国も、中南米のインカ帝国も恐れなかったヨーロッパ人が、日本の陸軍力だけは恐れている。日本の銃隊の実力とは、それほどのものであったのだ。

考えてみれば、日本は実に良い時期に戦国時代を迎えていた。ヨーロッパ諸国の手が伸びてきたそのとき、日本国が平安時代のような天下太平の無防備国家であったなら、どうなっていただろう。今頃我々はヨーロッパ人と混血で、スペイン語でも喋っているのに違いない。

金国軍の先陣は、日本銃隊によって半壊した。どこの国の軍隊でも、先頭を切って突っ込んでくる者は、その部隊で最も強くて勇敢な者たちだ。その彼らを殺されてしまった金国軍は、たちまち戦意を萎《な》えさせてしまった様子である。

「このままなら、逃げきれましょうか」

馬に鞭を入れながら信十郎が訊ねると、杉は表情を引き締めさせて、首を横に振った。

「いや、新手《あらて》が来た」

今度は右手側から別の隊が接近してきた。

「撃っても、撃っても、きりがなさそうだ。おい！　荷車を一つ、捨てるぞ！」

金銭の箱を乗せた車を引く馭者に命じた。馭者は心得きった様子で轅《ながえ》を器用に外し、荷車から離れた馬に飛び移った。

馬を失った荷車は、勢いづいたまま走りつづける。杉は馬を寄せると腰の刀を引き抜いた。

「やっ！」

気合もろとも、金箱を縛っていた綱を切る。金箱が荷台から滑り落ちて、落ちると同時に木っ端微塵に砕け散り、金貨と銅貨を盛大にばら蒔いた。

黄金色の輝きは遥か彼方からでも良く目立つ。金国軍の兵たちもそれと気づいた様子であった。

「ウワーッ」と歓声が轟いた。

「もったいないが、命には代えられぬ」

杉は日本の兵たちを急がせた。

後方では金国軍の兵たちが散らばった金貨に群がっている。馬から飛び下りるやいなや、両手で地面をかき寄せはじめた者がいる。かと思えばその男の背中に飛びかかって、横取りを企む者もいた。味方同士で取っ組み合いが始まって、金国軍は大混乱に陥った。

「今のうちに距離を稼ぐぞ!」

こうやって、すこしばかりの距離を稼ぐことに成功した日本兵たちであったが、金国軍はまさに、雲霞のごとき大軍であった。数里ほど進んだところで、またもや新たな一団が襲いかかってきたのだ。

しかも、海岸が近くなったせいなのか、地形が山がちになってきた。白い岩がゴツゴツと突き出して、小さな尾根と底の浅い谷が、波のようにうねりながら連続している。低い丘陵地の細い尾根道を進んでいかねばならない。

「金箱を先に進ませろ」

杉が命じた。鄭芝龍のジャンクに乗せてもらうために必要なのはもちろんのこと、彼らは出稼ぎの傭兵であるから、戦った日数に見合うだけの給金がなければ骨折り損になってしまう。

金箱を乗せた荷車は東に向かって最優先で道を急いだ。

「我らはここで防ぐ」

杉の命令で鉄砲隊が列を作った。

「金国軍の騎馬も、この地形では勢いを削がれるだろう」

平地で突っ込んで来られたら、鉄砲隊など、二発も撃ったあたりで蹴散らされてしまうが、幸いなことに馬を走らせにくい地形だ。これを利用しない手はない。

蹄の音が迫ってくる。岩の尾根を乗り越えて金国騎馬隊の先陣が姿を見せた。

「鉄砲組、折り敷け！」

鉄砲を構えた者たちが片膝をついた。

「弓組、構え！」

弾籠めに時間がかかる鉄砲の隙を、矢の連射で防ぐ。弓組の者たちはキリキリと矢を引き絞った。

「我らも撃つぞ」

信十郎が鉄砲を構える。

「よっしゃ」

と鬼蜘蛛が頼もしげに応じた。

馬蹄の音が、大波か、山崩れのような轟音となって近づいてきた。金国軍はふたたび谷に入ってしまって姿は見えない。姿は見えないが、蹄の音は近づいてくる。

鉄砲を構えた者たちの額に汗の滴が流れた。彼らは目を凝らし、引き金に当てた指先を震わせながら、金国軍が姿を現わすのを待ちつづけた。

と、金国軍の先鋒が、丘陵を乗り越えて彼らの目の前に躍り出てきた。

「撃てい！」

杉の命令で一斉に鉄砲が放たれた。ちょうど尾根の頂上で馬腹を見せていた騎馬隊に、無数の銃弾が襲いかかった。

ブヒヒーン、と馬が悲鳴をあげる。歯を見せながらひっくり返って、騎乗の金国兵を振り落とした。

金国兵は自らも銃弾を受けたり、あるいは馬から投げ出されたり、倒れた馬体の下敷きになったりした。異国語での悲鳴や嘆き声が聞こえてきた。

追い討ちをかけるようにして、弓組の者たちが矢を放つ。日本の長弓は明国や金国の弩《いしゆみ》のような威力はない。が、連射が可能だ。〝矢継ぎ早〟という慣用句があるぐらいに次々と矢を射ることができる。

金国兵たちは胸に矢を受けて倒れた。矢は馬も襲った。馬はますます狂奔し、パニック状態に陥っている。

その隙に日本兵たちは、陣形を保ったまま、ジリジリと背後に後退しはじめた。

敵が迫ってくれば、鉄砲玉と矢をお見舞いする。ひるんだ隙にすこしずつ後退する。

しかし、金国軍は臆することなく、どんどん新手を投入してきた。

「これはどういうこっちゃ。撃っても撃っても、きりがないで！」

鬼蜘蛛が大声で泣き言を洩らした。いつでもどこでも不平不満ばかり言っている男なのだが、この状況でそんなことを口に出されたら、皆の勇気が萎えてしまう。

しかし、たしかに鬼蜘蛛の指摘するとおりに、敵の鋭鋒はいささかも挫けることなく迫ってくるのだ。味方の亡骸《なきがら》を乗り越えて突撃してくる。これはいったい、どういうことか。

「ヤツら、わしらが金を持っていることを知っておる」

杉は硝煙で黒く煤けた顔でそう言った。

「欲で目が眩んでおるから、諦めが悪い」

日本側の弾や矢の数には限りがある。人数が少ないだけに携帯できる量も少ない。

弾幕や矢数が薄くなったところへ、ついに金国兵が突入してきた。

「押し返せ！」

杉が叫んで、刀を抜いた。

信十郎も腰の長刀、金剛盛高《こんごうもりたか》を一閃させた。

突っ込んできた馬の胸のあたりをスッと斬る。驚いた馬が棹立ちになって金国兵を振り落とした。金国兵は背中から地面に転落したが、ドオッと落ちた瞬間にはもう、鬼蜘蛛が投げたクナイを受けて絶命していた。

金国の騎馬はとめどなく、山津波のように日本兵の陣に乗り込んでくる。信十郎はヒラリと飛び退きざま、金国兵の脚を斬った。突き出されてきた戈《ほこ》の先を打ち払い、その根元を切り落とした。

武術は、中国武術のほうが優れているように思われがちだが、日本の侍や倭寇と対戦した中国人たちは皆、口を揃えてその剣捌きの精妙さと動きの素早さに感嘆、あるいは恐怖を感じたと書き残している。

なかでも伊勢を本拠とする倭寇、愛洲《あいす》党の剣が恐れられていた。愛洲党の移香斎《いこうさい》という男がのちに、剣術を関東に伝え、それが上泉伊勢守信綱《かみいずみいせのかみのぶつな》を経て肥後の国人、丸目蔵人佐《まるめくらんどのすけ》に伝わってタイ捨流となった。

また、出羽の林崎甚助重信《はやしざきじんすけしげのぶ》が編み出した林崎神明夢想流《しんめいむそう》抜刀術は、肥後加藤家の御家流となり、文禄慶長の役で朝鮮、明国の兵を相手に無敵を誇った。

丸目蔵人佐のタイ捨流、林崎甚助の神明夢想流、その双方を受け継いだのが信十郎である。

「ターッ！」

信十郎は悪鬼のように血まみれになりながら、剣を振るい、敵を斬り倒しつづけた。もはや自分が何をしているのか、など、考える余裕もない。これほどの多勢を相手にしては、とまって考えている余裕などはない。常に動きつづけ、敵を倒しつづけなければ即座に斬られる。倒さねば倒される。冷酷な掟だけが支配する戦場で、信十郎は金剛盛高を振るいつづけた。

杉もまた、血みどろになって応戦している。

「もはや防ぎきれぬ！　皆、それぞれに落ち延びよ！」

日本兵たちはすでに陣形を成してはいなかった。杉の許しを受けて、皆それぞれに馬に跨がって逃れようとした。だが、馬を走らせる余裕もなく、背に矢や戈を受けて次々に倒されていく。

「信十郎！」

鬼蜘蛛が一頭の馬を引いてきた。

「その馬は鬼蜘蛛が使え！」

信十郎は叫び返すと同時に、馬上から戈を突きつけてきた金国兵の、その戈の下をかいくぐり、鐙を掴んで撥ね上げて、金国兵を鞍の上から突き落とした。ついでに戈も奪い取った。

落馬した金国兵の代わりに信十郎が鞍に跨がる。

「さぁ行けッ！」

金国の馬に日本語が通じるわけがないとは、一瞬思ったが、馬はもともと人語を解せぬ生き物だ。信十郎の意図を察して、走りだした。

「イヤッ！　タァーッ！」

行く手を遮る金国兵たちに戈を叩きつける。ブンブンと大車輪に振り回して並みいる敵を打ち払った。

「よしッ！　行くぞ！」

金国兵の包囲を切り開いて海を目指した。信十郎が切り開いた穴に鬼蜘蛛が、つづいて日本兵たちが殺到し、さらに包囲を切り開いて、その場を脱した。

信十郎は馬を鞭打ちながら振り返った。戦場には数十人分の日本兵の死体と、身動きできない怪我を負った者たちを置き去りにしてしまった。

しかし、助けに戻る余裕はない。金国軍はすかさず追撃を開始する。黒い人馬の群れが迫ってくる。

「走れ！　走れ！」

杉も絶叫し、仲間たちを叱咤した。

岩山の尾根をいくつも乗り越えた。背後からは矢が雨のように飛んでくる。信十郎の横を走っていた者が、背に矢を受けて、うめき声一つを残して落馬した。

（もはや、逃げきれぬかもしれぬ……）

信十郎は、奇妙な静寂とともにそう思った。

（これが金国の力か）

金国は遠からぬ未来、明国人を蹴散らして、中原《ちゅうげん》に新たな王朝を打ち立てるであろう。そしてその帝国はいずれ、日本の前に立ちはだかってくるはずだ。

（徳川家は、こんな恐ろしい敵と対峙せねばならぬのか）

あの家光に、そして、陰謀ばかり逞しくて、実戦経験のない土井利勝《どいとしかつ》や松平信綱《まつだいらのぶつな》に、この騎馬軍団と伍する力があるのであろうか。

などと、我が身に迫った危機などそっちのけで、信十郎は考えた。

岩山の険しい尾根が連続する。いつの間にか天空はどんよりと雲に覆われていた。

逃げる者たちは自然と身を寄せ合う格好になる。信十郎の傍にも敗残の日本兵たちが集まってきた。

皆、満身に手傷を負っている。身体に矢を突き立てたままの者もいた。激痛と失血で目も眩みそうになりながら、必死で馬の鞍にしがみついている。生き残ることへの執念と、日本に帰り着きたいという一念が男たちに最後の力を振り絞らせている。気力が萎えた者から順番に落馬していくのだ。

信十郎の隣を走っていた者が、急に白目を剝いて、グラリと体《たい》を傾けさせた。

「おい！」

信十郎は腕を伸ばして、男の身体を鞍の上に据え直させた。

「しっかりしろ」

男は、自分が気を失いかけていたことにすら気づかぬ様子で、不思議そうに首を左右に振った。

気を失う寸前、人間はとてつもない心地よさを味わうのだという。男は、否、この男に限らず、手傷を負って血を流しながら逃れる者たち全員が、一種の酩酊状態に陥ろうとしていた。

信十郎は、ふと、鼻をヒクつかせた。

（潮の匂いがする……）

気のせいだろうか、望郷の念がつくり出した幻なのか、と一瞬思ったものの、まだ自分は気を失うほどの傷は負っていない。

（たしかに、潮の匂いだ）

肌に感じる空気にも湿気が感じられた。空が曇っているのも、空気が湿っている証拠だった。

そして信十郎は最後の尾根を乗り越えた。その瞬間、奇跡のように、視界いっぱいに、大海原が広がった。

「海だ！」

低く垂れ込めた曇天の下、海面で波がキラキラと輝いている。

「海じゃ！」

「海じゃ、海じゃ」

ほかの者たちも我に返って叫びはじめた。

海岸に出たのなら湊も近い。そしてこの海の向こうには故郷、日本国がある。

そのとき、

「来たぞォ！　金国軍の追手じゃ！」

後列で誰かが叫んだ。

どこまでも執拗な金国軍の騎馬隊が、二十騎ほど、群れをなして追いついてきた。

信十郎は馬首を返して、討ってかかろうとした。騎馬隊の先陣を切る敵兵を一人二人倒すことができれば、隊列は乱れるし、他の敵兵たちも戦意を萎えさせるはずだ。

周りの者たちは皆怪我を負い、取って返して戦うだけの体力はない。ここまで来て、むざむざ金国軍に討ち取られるのは無念だ。敵の出足をかき回しに行ける者は、信十郎しかいない。

だが、手綱を引こうした信十郎は、さらに別の騎馬隊が何組も、次々と、尾根を乗り越えてくるのを見た。

「これはいかん!」

二十騎が相手と思っていたら、もう、百数十騎にも増えている。そんなところへ手出しをしたら、四方八方から戈を突き立てられて、瞬時に討ち取られてしまう。

追撃隊は無傷の新手。鋭鋒だ。こちらは人馬ともに傷つき、疲れきっている。すぐに追いつかれてしまう。

(ならばどうする。踏みとどまって迎え撃つか)

だが、要地に陣取ったとしても多勢に無勢。あっと言う間に全滅させられてしまうだろう。単に、死ぬまでの時間を短くするだけのことでしかない。

信十郎と日本兵たちの背後に金国軍の馬蹄の音が、津波のように押し寄せてきた。

もはやこれまでか、と、信十郎は覚悟した。

そのとき。

遠くで雷鳴のような音がした。つづいて、何か、風を切り裂く甲高い音が空いっぱいに響きわたった。

直後、大地が大きく揺れた。金国軍の追撃隊が、人間の悲鳴と、馬の嘶《いなな》きとともに、空中高くに吹き飛んだ。

「落雷か！」

信十郎は背後に目を向けながら叫んだ。

「いや、違う！」

いつの間に追いついたのか、杉が海側を指差して叫び返してきた。

「鄭爺の船だ！」

湊を出た外洋大型ジャンクが、ゆっくりとこちらに帆走してくる。船体の中腹からボンッと白煙が上がった。

ヒュルヒュルと風を切る音とともに砲弾が飛来してきて、金国軍の騎馬隊の真ん中に着弾した。地面とその下の岩盤が割れて吹き飛ぶ。爆風が周囲の金国軍の騎馬を瞬時になぎ倒した。

「鄭爺だ！　鄭爺が加勢に来てくれたぞ！」

　男たちの目に光が戻りはじめた。蒼白だった顔貌にも血の気が蘇ってくる。勇躍、気を取り直した日本兵たちは、湊を目指して突き進みはじめた。

　湊には移送用の小舟が用意されているはずだ。その船に乗って外洋のジャンクに乗り移る。鄭芝龍のジャンクは全長が百メートル以上ある。この時代の外洋ジャンクとしては最大級の大きさだ。小さな港町には入港できないことすらある。積み荷や人の上げ下ろしは渡し船を使用するのだ。

　渡し船ではあるが、その渡し船すら満足に扱えないのが草原の民だ。

「今のうちだ！　湊へ逃げ込め！」

　この時代の港町は、武装集団からの強奪を防ぐため、城のような造りになっている。城壁内に逃げ込めば金国軍でも攻略に手間取るだろう。

　日本兵たちはジャンクの砲撃に援護されながら、湊へつづく坂道を駆け降りた。

　この時代の砲撃は精度がそれほど高くない。まして、揺れる海の上から放たれた大砲だ。あちこち無関係な所に着弾し、金国軍ばかりか日本兵たちをも、俄《にわか》に混乱させてしまった。

「うわっ」

爆風をくらって信十郎は馬の上から吹き飛ばされた。難なく空中で半回転して着地したが、敵の真ん中に放り出される格好になってしまった。

ほかにも数名、日本兵たちがなぎ倒されていた。信十郎は彼らを一人一人助け起こして活を入れた。

「湊へ走れ！　早く！」

馬はどこかへ走り去ってしまった。ここからは自分の脚だけが頼りだ。

日本兵だけでなく、金国兵たちも馬から投げ出されている。真っ黒な鎧の金具を鳴らしながら立ち上がった。立ち上がったところで、信十郎と目が合ってしまった。

「うぬっ」

信十郎はすかさず腰の金剛盛高を抜いた。金国兵たちも戦意を取り戻し、剣や戈を手にして向かってくる。ジャンクからの大砲や小銃の攻撃が凄まじく、顔を上げてもいられないほどだが、それでも両者は決死の覚悟で斬り結んだ。

「ここは俺が防ぐ！　皆は湊へ！」

信十郎は金国兵を鍔迫《つばぜ》り合いで押し返し、前蹴りをくらわして倒しながら叫んだ。

金国兵は猛射の中を臆することなく襲いかかってきた。日本兵たちも戦国の生き残りの浪人や、大陸での戦で鍛えられた若者たちだ。金国兵の攻撃を退けながら、ジリジリと湊へ移動しつづけた。

と、そのとき、湊につづく小道を、一頭の馬が駆け上ってきた。

「援兵か！」

鄭芝龍の配下が助けに来てくれたのか、と、思ったのだが、なにやら様子がおかしい。

「……僧侶？」

頭を青々と剃りあげた、三十歳ばかりの僧侶が、白馬に跨がり、僧衣の裾と袈裟《けさ》を靡《なび》かせながら突進してきたのだ。両手は拝む形に合わされていて、手綱も握ってはいない。しかも両目は半眼に閉じているようだ。

にもかかわらず、馬は真っ直ぐに、金国兵と日本兵の戦いの真ん中に突っ込んできた。

「イーーーーッ！」

僧侶は奇怪な気合の声を発した。甲高く尾を引く、猿にも似た声だ。

薩《さつ》摩国《まのくに》に示現《じげん》流《りゆう》という剣の流派がある。この流派はきわめて奇怪な声をあげて剣を振るう。この声を『猿叫《えんきよう》』という。

信十郎は、僧侶があげた声を耳にして、猿叫に似ている、と感じた。

「ハァーーーーッッ！」

僧侶はブワッと僧衣を広げながら、なんと、馬の鞍から空中に高く飛び上がった。

「ヤーーーーッッ！」

金国兵に躍りかかって、空中でその顎を蹴り上げる。と見るや自分が蹴り倒した相手の身体に足をかけて、さらに高々と飛び上がった。

信十郎は呆気にとられて、僧侶の奇怪な体術を見つめた。僧侶は、次々と金国兵に襲いかかり、拳で殴り、足で蹴り倒した。

「ギャーッ！」

「グエーッ」

一見、優雅な舞いを見るような光景であったが、僧侶の一撃は的確に敵兵の急所を襲い、内臓や骨を破壊した。金国兵があげた無残な悲鳴を聞けば、どれほど致命的な攻撃が加えられたのかがわかる。

いずれにしても、この僧侶は、金国兵だけを襲っている。どうやら味方であるようだ。

「今だ！　逃げろ！」

信十郎は日本兵たちを促した。

その間も僧侶は、金国兵を次々となぎ倒しつづけた。

(あの坊様は明国人……。金国を憎んでおられるものと見える)

金国は明国本土を侵略しつつある敵国だ。明国人であれば、憎くないはずがない。

一方、信十郎たちは明国に雇われた傭兵で、明国の国境線を守っていた。

(我らを救いに出てきてくれたのは、それがゆえか)

とはいえ日本人もかつて明国を攻めようとしたのであるが。その頭目の秀吉の子である信十郎としては、なんとも複雑な心境である。

傷ついた仲間を助け起こしながら信十郎が振り返ると、チラリと僧侶と目が合った。

僧侶は、信十郎をしかと見た。一瞬、その顔つきが険しく歪められた。

が、すぐに振り返って金国兵を追い散らしはじめた。たった一人の僧侶に、金国兵たちがタジタジとなって後退する。ジャンクからの砲撃にも苦しめられていたとはいえ、およそ、ありうべからざる光景であった。

四

「いそげ！　いそげ！」

杉が配下の者を叱咤する。金国軍が迫ってくれば城門は湊の住人たちの手で閉じられてしまう。その前にできる限りの者を、収容しなければならない。

「鬼蜘蛛が、来ぬ」

信十郎は城外に立って、首を長く伸ばした。

鬼蜘蛛は馬の扱いが下手だ。あるいはどこかで引っかかっているのかもしれない。

長年の友を置き捨てにして日本に帰るわけにもいかない。信十郎はふたたび馬上の人となると、元来た道へ取って返した。

ジャンクの艦砲射撃をくらった金国軍は、深追いを嫌って一時退却をした。海の上の敵には攻撃を仕掛けられないのであるから、当然の判断であろう。

（それにしても、恐ろしく統制の取れた備《そなえ》であった……）

備とは当時の用語で部隊に相当する。

信十郎は思った。明国人たちは、北方の騎馬民族をケダモノのように考え、見下している。まともな智慧の働きなどできない野蛮人だと考えているような節がある。信十郎もまた、明国人との交際の影響で、無意識のうちに、そのように見下していた部分がないこともなかった。

(だが、実際の金国兵は、そのような、愚かしい者たちではない……)

攻めるときには次々と新手を繰り出す賢明さがある。引くべきときには躊躇《ためら》うことなく引く。

ここまで日本兵を追い詰めながら退却するのは、よほど悔しいことであるのに違いあるまい。しかし無理押しはしない。怒りに任せて追撃を続行したいところであっただろうが、不利を覚って退却した。強固な自制心がある。この一点だけでも相当高度な文明人であることがわかる。

「おおーい」

遠くから手を振りながら走って来る者がいた。信十郎の表情が綻《ほころ》んだ。

「鬼蜘蛛か」

鬼蜘蛛は真っ黒に土埃を被った顔を寄せてきた。

「この先で何人か、身動きでけんようになっとる。助けにいかんんか」

「うむ」

忍びが他人に情けをかけるなど、本来あるまじきことで、命取りにもなりかねない愚行だ。そのことは、多分、鬼蜘蛛も良く心得ている。

馬を走らせながら信十郎は、柳生《やぎゅう》の若大将、十兵衛《じゅうべえ》のことを思った。

(柳生はなにやら『活人剣《かつにんけん》』などというものを唱えはじめたようだ)

人殺しの利器である剣を使って人を活かす。禅問答のようだが、平和を目指す武家政権、徳川家の思想と合致している。

(ならば、忍びが人助けのために、おのれの技を使って悪いはずがない)

そう考えたところへ、あの僧侶の姿を思い出した。

(それに引き換え、僧籍にある身であの拳法は、なんなのであろうな)

信十郎は変わった人間が大好きである。興味津々《しんしん》だ。

「おい、信十郎!」

「わかった。すぐ行く」

信十郎と鬼蜘蛛は、置き去りにされていた男たちを助けるために、ふたたび戦場に戻った。

第二章　再度の上洛

一

陸奥国《むつのくに》の梟雄《きょうゆう》、伊達政宗《だてまさむね》の江戸上屋敷はこの当時、江戸城日比谷御門の門前にあった。

隅田川河口から日比谷御門までは水堀が通っていて、舟を使えば外海にも出られる。もっとも、水堀の出口には御船手奉行、向井将監《むかいしょうげん》の役宅が置かれている。徳川海軍の軍港が水堀の出口を塞いでいるわけだ。外様大名の船は容易には江戸に出入りできないようになっている。

江戸の中心部から向井将監の役宅に向かって、およそ八町（八百七十二メートル）もの長さの突堤が築かれている。これは船を横波から守るための防波堤だ。この突堤の内側に掘られた水路が、八丁堀と呼ばれている。

川の上流から流されてきた土砂や、波によって打ち寄せられる砂が八丁堀の突堤に沿って堆積し、いわゆる八丁堀や築地の地面となった。さらには神田山から切り崩された土砂によって埋め立てられて、八丁堀の一帯は町人地や大名屋敷へと変えられた。

しかしこの当時の築地はまだ海の底。鉄砲洲が文字どおりの海浜だった時代だ。のちには町奉行所の役人たちの組屋敷街となる八丁堀も、波の押し寄せる低湿地で、墓地ばかりが荒涼と広がる寺町であった。


伊達政宗は船に乗って八丁堀の河岸まで乗り着けた。深夜であるので河岸には人気《ひとけ》がない。松明を掲げた下男が数人、一目で奥州の産とわかる肥馬を引いて待っているだけであった。

伊達政宗はこの年、五十九歳になる。頭髪にはだいぶ白いものも混じっている。だが、幼少より戦場で鍛えた肉体は衰えることを知らない。直垂《ひたたれ》の袖をはためかせながら身軽に、舟から河岸へと飛び移った。

待っていた下男たちが頭を下げて挨拶する。下男たちは、舟を操っていた者も含めて全員が、臑《すね》に黒い脛衣《はばき》を巻いていた。伊達家の忍軍、『黒脛衣組』の印であった。

政宗は馬に跨がった。轡を取る下男に引かれるがままに、八丁堀寺町にある、一つの寺院の山門をくぐった。

寺院の境内には、本堂のほか、いくつかの塔頭《たっちゅう》が建てられていた。そのうちの一つにだけ、ぼんやりと明りが灯されていた。

政宗は馬から降りると下男たちを外に侍らせ、一人でズカズカと階《きざはし》を昇った。塔頭の扉を押し開けて中に踏み入る。

塔頭では一人の尼僧が待っていた。政宗の気配を察して折り目正しく低頭した。

「仙台ノ宰相様。この夜更けに、ようこそ、お渡りくださいました」

宰相とは参議の唐名である。政宗はこのとき、正四位下、参議の官位に就いていた。

「蓮青尼《れんしょうに》か。久しいの。息災そうでなによりだ」

政宗は尼僧に親しげな声をかけた。

もっとも政宗は策士である。奸佞《かんねい》無比の人物だと目《もく》されている。そんな男に馴れ馴れしく笑顔など向けられたら、かえって警戒をしなければならない。

しかし蓮青尼の顔つきは変わらなかった。

「仙台ノ宰相様もお変わりもせず……と申し上げたきところなれど、拙僧の目は盲《めしい》ておりますゆえ……」

須弥壇《しゅみだん》の正面に敷物が置かれている。そこが自分の席であると合点して、政宗はドッカと腰を下ろした。

「それでは、暫時《ざんじ》、おくつろぎを」

尼僧は挨拶を切り上げると、塔頭の奥に消えた。

一人取り残された政宗は、隻眼《せきがん》を光らせて塔頭内をジロジロと眺めた。

須弥壇の扉は閉ざされている。どんな仏像が祀られているのかわからない。須弥壇の前には大きな香炉が置かれ、紫色の煙を立ちのぼらせていた。紫煙は堂内に充満してむせかえるようだ。

伸ばされすぎた灯心が黒い煙を上げている。蓮青尼は生まれつき目が悪いので、灯の加減が上手にできない。

やがて、奥から静々と、衣擦れの音が聞こえてきた。政宗はサッと拝跪《はいき》した。

蓮青尼が扉を開ける。一人の女が入ってきた。頭に白い帽子《もうす》を被った尼僧である。手には数珠《じゅず》を握り、肩には半袈裟を掛けていた。

それだけならば普通の尼僧の姿なのだが、この尼僧は異常なことに、顔の上半分に舞楽の面を掛けていた（面は『つける』ではなく『掛ける』という）。いったいその舞楽面にどんな意味があるのか、政宗にはよくわからない。舞楽も、大陸から秦氏などの渡来人が日本に持ち込んだものだとされている。

尼僧は須弥壇を背にして政宗の正面に座った。政宗と真っ向から対峙する格好だ。

「仙台ノ宰相殿。よくぞまいられましたな」

政宗はいっそう深々と上体を折って挨拶した。

「宝台院《ほうだいいん》様にはご機嫌麗しゅう。政宗、欣快《きんかい》に堪えませぬ」

宝台院、と呼ばれた尼僧は、舞楽面の下から覗かせた唇を笑ませた。

法名・宝台院（西郷局《さいごうのつぼね》、お愛《あい》の方《かた》）は、二代将軍秀忠の生母である。当代将軍家光の祖母に当たる。

生年は不肖だが、秀忠が四十七歳であるから、六十も半ばを越えているはずだ。それにしては若々しい姿である。舞楽面の下から覗けた唇には、真っ赤な紅をヌメヌメと塗っている。声音《こわね》も軽やかに澄んでいて、一見したところ、四十代ぐらいにしか見えない。

その朱唇が政宗に向けてニッと笑った。

「妾《わらわ》が呼べば、すぐに応えてまいるのは、政宗、もはやそのほう一人だけのようじゃの」

政宗はわざとらしく恐懼《きょうく》の態を装って、平伏し直した。

「滅相もございませぬ。宝台院様のご下命に喜んで復す者ども——すなわち建武《けんむ》の新政のみぎり、南朝に帰依《きえ》した者どもの末裔、この日ノ本にあまた、ございまする」

「左様ではあろうがの」

宝台院はやや、疲れたような気配を見せた。

「南朝遺臣の者どもも、昨今では戦疲れをいたしておるようじゃ」


十四世紀、日本の皇室が南朝と北朝の二つに分かれて相争った時代があった。結局のところ、北朝を推戴した足利《あしかが》家が勝利して、南朝の皇室と、南朝に従った者たちは歴史の闇の中に消えた。室町幕府が織田信長《おだのぶなが》の手によって潰されたその瞬間まで、南朝方の者たちは公式に追捕の対象だったのである。

だが、足利幕府が衰退すると、闇に隠れていた南朝方の者たちが一斉に失地回復を目指しはじめた。

南朝の忠臣、新田義貞《にったよしさだ》の末裔を自称する松平《まつだいら》家（新田分家の得川《とくがわ》家、のちに慶字をとって徳川となる）も、戦国の混乱に乗じて三河一帯を占拠して、大名となり、ついには天下を取った。

徳川家康の膝下《しっか》に集まった者たちも、また、南朝の人士たちばかりだ。

南北朝期から井伊谷《いいのや》を領して宗良親王《むねよし》を担いで足利方と戦った井伊家。後醍醐天皇《ごだいご》に楠正成《くすのきまさしげ》を推薦した柳生家《やぎゅう》。楠、柳生ともに密接に繋がる服部家。元は甲斐の猿楽師ながら、謎めいた博識で家康の財政を支えた大久保長安《おおくぼながやす》など。

二代将軍秀忠の生母として、実質的に家康の正室として振る舞っていたこの宝台院も、九州南朝の大立者、肥後の菊池一族の裔であり、服部一族に扶育された女であった。

いわば、徳川家にとって天下取りとは南朝復興の大戦《おおいくさ》であったのだ。少なくとも、そうであろうと皆が思っていた。一人、家康を除いては。

天下を取った家康は、元南朝の家臣たちを次々と粛清していった。関ヶ原の合戦の一年後には井伊直政《なおまさ》が急死し、服部半蔵《はんぞう》や大久保長安の一族が相次いで改易《かいえき》の処分を受けた。

家康の思いは、ようやく天下を統一し、日本国は平和になったのに、ここで数百年前の皇室の遺恨など持ち出して、日本国をふたたび二分させる必要などない。というものだったのである。

そもそも帝が誰であろうとも、普通の武士や百姓、町人たちは一向に問題にしない。

『南朝の皇室じゃなくちゃ嫌だ』などと駄々を捏ねているのは南朝方の遺臣たちだけなのである。

南朝復興の戦など旗揚げしても、大勢《たいぜい》の賛同は得られない。民人からも武士たちからもソッポを向かれて孤立して、自滅するのがオチだ。

徹底したリアリストである家康はそう判断して、あくまでも南朝皇室復興を目指す南朝系の家臣たちを殺していった。

この時期の徳川家は、家康対南朝遺臣の内乱状態にあったのだ。

そして最後には、家康が急死した。

家康の死によって、徳川南朝の首魁《しゅかい》であった宝台院は、辛くも生き延び、我が子の秀忠を名実共に天下人の座に就けることに成功した。

しかし――。それでもなお、南朝皇室復興は未だに成ってはいなかったのである。

「政宗よ」

「ははっ」

「いよいよ我が孫、和子《まさこ》が、北朝の偽帝の中宮《ちゅうぐう》となる」

「慶賀に堪えませぬ」

徳川家康は、皇室の権威を乗っ取るために、皇室に徳川家の女《むすめ》を輿入させて、次代の天皇を産ませ、天皇の外祖父・外戚となることで、朝廷をも、我が意のままに操ろうと画策していた。

『天皇の外祖父となった者が、天皇に代わって天下の政治を行なう』というのは、蘇《そ》我《が》氏や藤原《ふじわら》氏時代からつづく日本国のルールである。徳川の血を引く皇子が天皇に即位することで、徳川家の天下は磐石《ばんじやく》、天下統一は完成する。

そしてその一挙は、宝台院をはじめとする南朝遺臣たちにとっても、格別の意味を持っていた。

「和子が産んだ子は、まさに南朝の血を引く皇子。いよいよ北朝の偽帝を蹴落として、正当なる南朝の帝が、帝位に復する時がやってきたのだ！」

「まったくもって、慶賀に堪えませぬ」

興奮しきりの宝台院に対し、政宗は、やや、冷ややかな口調で応えた。

政宗の冷静さに引きずられたわけでもあるまいが、宝台院は「しかし」と、口調を改めた。

「我らの企図の障害となる者どもがおらぬでもない」

「いかにも。政宗も同感にございまする」

「左様であろう。わけても尾張の義直《よしなお》と、紀伊の頼宣《よりのぶ》は油断がならぬ」

するとと、政宗は何を意外に感じたのか、ポカンと口を開けて絶句して見せた。

「な、なんじゃ、何ぞ言いたいことでもあるか」

政宗のわざとらしい芝居を不気味に思った宝台院は、やや、気後《おく》れしたように訊ねた。

政宗はまたも、わざとらしく大仰《おおぎょう》に平伏した。

「ハッ、この政宗、畢竟《ひっきょう》、大御台《おおみだい》様のことを持ち出されるものと推察いたしておりましたゆえ」

「大御台？　お江与《えよ》のことか」

「ハハッ」

「なにゆえ、お江与が我らの邪魔となる。政宗、そちは何を案じておるのか」

「ハハッ」

「申せ」

政宗は、チラリと上目づかいに宝台院を見つめ上げた。悪戯盛りの子供が楽しい悪戯を思いついて、腹の底から笑いがこみあげるのを抑えかねているような顔つきになった。

「畏れながらこの政宗、我が意には添いかねることながら、『天下の横着者』などと呼ばれておるようにございましてな。隙あらば、徳川家の天下をひっくり返してやろう、などと、大それた企みを腹中に抱えておる——などと目されておるようにございまして」

　自分の口からぬけぬけと言うところなどはたしかに天下の横着者であろう。

「左様じゃな。表裏比興《ひょうりひきょう》とはそなたのような者をこそ、申すのであろう」

「これはしたり。なにゆえそのような目で見られねばならぬのか、この政宗、とんと合点がいき申さぬ。忠義一筋、老骨に鞭打って将軍家にお仕えしてまいりましたものを」

　政宗の小芝居につきあっていたら、いつまでたっても話が進まない。宝台院はイライラして先を促した。

「お江与めが、それと、どういう関わりがあるのじゃ」

「ハハ。不本意ながら、将軍家に対し奉り、叛意を腹中に秘めておると目されているそれがしでござれば、なにかと不穏な誘いをかけられることも、ございまする」

「お江与に、何か、唆《そそのか》されたと申すか」

「大御台様と申すよりは、その周辺の者ども」

宝台院は舞楽面をちょっと傾けて考え込んだ。

「お江与の周りに、どのような者どもが侍っておると申すのだ」

お江与は、江北の戦国大名、浅井長政《あざいながまさ》と、織田信長の妹、市《いち》とのあいだに産まれた。名家の姫だが、浅井も織田も没落した家。南朝遺臣のような闇の者どもがお江与に仕えているなどという話も聞かない。気位は高く、家光の弟の、駿河中納言忠長《ただなが》を偏愛しているが、ただそれだけの女である。我が儘勝手なお姫様が、我が儘勝手な将軍家大御台になった、というだけの話だ。

徳川南朝遺臣を従える宝台院にとって、脅威となりそうなところは何もない。

「左様でございましょうかな」

などと政宗は、お得意の狂言師もどきの顔つきをした。

「政宗、そちは何を知っておる」

「ハハ」

「お江与に従う者どもとは、なんなのだ。我らの妨げとなりうるような強敵か」

政宗は、上体を起こすと胸を張って、胸の前で十字を切った。

が、宝台院は生まれつき視力の弱い女である。何も見て取れなかったと察して、あえて口に出した。

「キリシタンにございまする」

「キリシタン！」

宝台院は舞楽面を振るって叫んだ。

「キリシタンどもが、お江与を推戴いたしておると申すのか！」

「正しくは、大御台様と、駿河中納言卿を推戴いたしておるのでござる」

「なんじゃと！」

「とくとお考えくださりませ。大御台様はついに、秀忠公が側室を持つことを許されませんでしたな」

武家の礼法では、側室は正室の侍女と位置づけられている。実は、側室を夫に勧めるのは、妻の役目なのだ。であるから、夫が側室を抱えたいと思っていても、正室が『否』と言えば、側室は持てない。

将軍家や大名家が子をたくさん作るのは、その家の繁栄にとってなにより大切なことだからである。家が潰れたら、大勢の家臣とその家族が路頭に迷う。将軍家が潰れたりしたら、それこそ戦国時代の再来だ。罪もなき民人が戦火に焼かれて逃げまどうことになる。

社会的責任をきちんと理解している誇り高い女であれば、側室を用意して跡継ぎの絶えないように配慮する。

夫である将軍や殿様も、種馬になったつもりで子作りに励まねばならない。さもないと家臣や天下の万民が困ってしまう。

しかし――。お江与は秀忠に側室を差し出そうとはしなかった。これはいったいなにゆえなのか。

政宗はしたり顔で言上《ごんじょう》した。

「キリシタンどもには、一夫一婦という戒律がございましてな。夫一人に妻一人。これがかの者どもの理想とする家の形でございますそうな」

「なんと！　つまりお江与めは、キリシタンの教えを守らんがため、秀忠の側室を認めなかったと申すか」

「ほかに、考えようもございますまい」

この当時の武家社会の常識では、お江与のような人間はきわめて異常、なのである。

この時代、ほかにも一夫一婦にこだわった大名たちはいる。そしてそれらはほとんど確実に、キリシタン大名だったのだ。

「おのれ！　お江与め！」

宝台院は南朝に帰依する者だ。日本国の宗教、風習をなによりも大切に思っている。

宝台院から見ればキリシタンの教えなど、外国人の妄言にすぎない。そのようなものにたぶらかされ、日本人の心を売り渡す者は許せない。というか、不気味ですらある。

ところで、伊達政宗もまた、キリシタンの力を借りて徳川の天下を覆《くつがえ》そうとした男であった。南蛮《なんばん》帆船を建造して、メキシコ経由でローマ教会にまで、外交使節を送ったことがあった。

しかし、政宗本人はあくまでも冷徹な政治家、軍人である。キリシタンの力が役に立つと思えばこそ肩入れもしたし、利用しようともしたが、ヨーロッパ勢力は日本近海で急速に力を失いつつある。イギリスは商館を畳んで日本から撤退し、イスパニアも徳川幕府から絶縁状を叩きつけられ、すごすごとフィリピンに撤退した。

とてものこと、頼りとなりそうな相手ではない。となれば、口を拭って知らん顔をするのが政宗という男の流儀であった。

さらには、我が身の潔白（本当は真っ黒なのだが）を証明するため、お江与とキリシタンを宝台院に売ることすら厭わなかった。

「大御台様はキリシタン浪人どもを駆り集め、それらの者どもを手懐《てなず》けて、駿河中納言卿を将軍職に就けようと画策なさっておいでなのです」

「なんと！　愚かな！」

そのような勝手をされては南朝復興の計画が無に帰してしまう。北朝方との戦いに本腰を入れるべきこのときに、キリシタンなどに横やりを入れられては大いに困る。

政宗は、宝台院のうろたえぶりを面白そうに見つめながら、伊達家で集めた情報を喋りつづけた。

「実際に合戦の大将を勤めるはずだったのは、福島正則《ふくしままさのり》であったとか」

「むう、あの福島ならやりかねぬ。キリシタンとも親しいうえに、秀忠を憎んでおったろうからな」

「九州の大名どもも、かつてはキリシタンに帰依していた者が多うございます。長崎などをキリシタン諸国に明け渡し、イスパニアなどを引き込んでの大戦となれば、いかな将軍家でも、いささか苦戦は免れえぬところかと」

「大いに懸念されるところじゃ。今、九州に譜代の大名は、豊後日田《ぶんごひた》の石川忠総《いしかわただふさ》一人しかおらぬ」

豊後石川家は六万石の小大名だ。九州に盤踞《ばんきょ》する外様の大大名たちの軍事力には到底及ばない。

ここで政宗は、呑気そうに述懐した。

「三代様に輿入れをする嫁御の件、黒田筑州《くろだちくしゅう》の姫を外しておいて、宜しゅうございましたなぁ」

三代将軍家光の正室候補として、筑前《ちくぜん》福岡五十二万石の大大名、黒田長政《くろだながまさ》の娘が取り沙汰されていた時期があった。黒田家は有名なキリシタン大名である。長政の父、如水《じょすい》は、シメオンという洗礼名まで持っていた。

黒田の姫君が家光の正室から外されたのには、キリシタンを恐れる家康、秀忠の意向があってのことだ。その配慮が今になって生きてきた。政宗が指摘したのはそういう裏の事情である。

「かく申すそれがしのところにも、誘いの手はそれとなく、伸びてまいりましたぞ」

宝台院の美貌が険しく歪む。

「して、どうした」

「『どうした』とのお訊ねでござるか。こうしてそれがしが包み隠さず、言上申し上げておると申しまするに」

「う、む……」

「それがしが大御台様の策謀に気づきましたのも、元はと言えば、この誘いがあったればこそにございまする」

「なるほど。悪しき誘いに乗らず、事の次第を妾《わらわ》に伝えたは忠義の証《あかし》、というわけじやな」

「御意にございまする」

したり顔で低頭した政宗が突然、カラッと大口を開けて笑った。

「幸いなことにございまするなぁ」

「何がだ」

宝台院はさらに険悪な表情を見せた。政宗に嘲弄《ちょうろう》されているような気がしてきた。否、実際に嘲弄しているのであろう。

「何が幸いだと申すか」

「ハッ、この夏には、大御所秀忠公と三代家光公が京へ上洛なされるとか。宝台院様がそれがしを呼びつけなされたのも、道中の尾張義直、ならびに紀伊より上洛してくる頼宣の牽制をお命じにならんと思われたがゆえ、と、推察いたしまするが、いかに」

「いかにもそのとおりじゃ」

「たしかに尾張と紀伊の若大将連は恐ろしゅうござる。なにしろ南朝方の意を酌んではおりませせぬゆえ」

「いかにも左様じゃ。家康の手元で育てられ、何を吹き込まれておるか、知れたものではない」

「しかし、かのお二人は儒教を奉じておられる。無類の勤皇家でござれば、間違っても、キリシタンに与《くみ》することはございまするまい」

「うむ。……キリシタンを敵とした場合には、かの者どもは我らの味方となる、ということか」

「この政宗は、そのように愚考仕りまする。……尾張と紀伊がキリシタンどもと手を携えて東海道を攻め下ってまいるようなことになれば、いかに将軍家といえども苦戦は免れえぬところ。なれど今回ばかりは、尾張と紀伊は徳川本宗家の盾となってくれましょうぞ」

「うむ。西国への備えとなるはもちろんのこと、キリシタンにたぶらかされた忠長を討たねばならぬ際には、江戸と尾張とで駿河を挟み打ちにもできような」

「むろん、その際には仙台の政宗が、江戸を背後より支えてご覧にいれましょう」

「ふん」

頼りに感じるよりも、落ち着かない気分にさせられる話ではある。伊達政宗は、尾張や紀伊の直情的な若殿ばらとは異なり、腹の内で何を考えているのかわからない。いわば双頭の蝮だと宝台院は思っている。

「あいわかった。此度は尾張義直を貶《おとし》める策を命じるところであったが、それはまた次の機会といたそう。今はお江与の始末が先決じゃ」

「政宗、同意にございまする」

「うむ。今宵は下がるがよい。大儀であった」

「ハハッ」と応えて政宗は低頭し、尻を先にして出ていった。

政宗主従の気配が遠ざかるのと同時に、須弥壇の御簾《みす》の向こうに明りが灯った。ぼんやりと、黒い人影が浮かび上がった。

「これは、容易ならぬ話よの」

嗄《しわが》れた声が響いてくる。南朝皇帝をもってしても、驚きを隠せない様子であった。

「やはりキリシタンどもを許してはおけぬ」

日本国に突然出現した異分子だ。朝廷にも武家政権にも、それどころか南朝勢力にも知られることなく、国家を転覆させる秘策を進めていた。南朝皇帝ならずとも、日本国の為政者であれば、脅威を感じずにはおられまい。

宝台院も「ハッ」と応えて平伏、同意した。

「キリシタンの者ども、生まれも育ちも、話す言葉も日本人そのものではございまするが、心のありさまはまさに、異国の者どもでございまする」

「我ら、万難を排してでも、潰さねばならぬ敵のようだ」

「御意」

「尾張と紀伊の始末は、政宗の申すとおりに後回しじゃ」

「されど陛下、あの政宗の申しよう、どこまで信じてよいものやら……。後醍醐帝の皇子、義良《のりよし》親王殿下が命じた〝陸奥国・式評定衆《しきひょうじょうしゅう》〟の裔とは申せあの男、いささか信用しがたいところがございまする」

「なぁに。案ずるには及ぶまい」

南朝皇帝は、自信ありそうに言った。

「政宗という男、計算高さでは日ノ本一の男よ。負け戦の側には絶対につくまい。秀忠と家光が有利に戦を進めている限りにおいては、絶対に裏切ることのない味方となって働くはずじゃ」

「ハッ、我らが隙と弱みを見せぬこと。それが第一にございまするな」

「そのとおりじゃ」

「されば、早速にも手の者を配して、お江与めの素行を探らせまする」

「うむ。それがよかろう。政宗の申したとおりに、お江与めがキリシタンを糾合しようと謀っておるというのであれば、すみやかに手を打たねばならぬ。幸いなことにもう間もなく、秀忠と家光、そして忠長が京に向かう。譜代の大名どもも旗本も、揃って供奉《くぶ》するはずじゃ」

「言わば、江戸城は空き城も同然となりまする」

「左様じゃ。お江与めを始末するには絶好の機会。この機を逃すではないぞ」

須弥壇奥の灯が消えて、南朝皇帝の気配も消えた。

宝台院は深々と平伏した。

二

上野の東叡山寛永寺は、先年の十一月に竣工が成った。

東叡山とは東国の比叡山を意味している。比叡山延暦寺は国家鎮護の根本道場、延暦七年（七八八）、伝教大師《でんぎょうだいし》最澄《さいちょう》によって建立され、延暦二十五年（八〇六）、日本天台宗の開宗が許可されて以来、日本国の仏教界の中心として栄えてきた。

その比叡山の権威を根こそぎ横取りしようと謀っているのが、東叡山寛永寺の開祖、南光坊天海《なんこうぼうてんかい》である。

天海はまず、寛永寺を門跡《もんぜき》寺院とした。門跡とは皇室の親王（皇子）を門主として迎える格式をもった寺院のことである。

天皇家も平安時代にはすでに財政逼迫をきたしていた。生まれてきた親王たち全員を宮家として立たせることなどできなくなった。つまりは〝口減らし〟が必要になったのだが、その口減らし先として最も良く活用されたのが寺院であった。

明治以前の僧侶は、妻を持つことが許されない。結婚できないのであるから子もできない。親王を僧侶にしてしまえば、その一代だけで絶える。しかも親王を養うのは寺院の役目だ。皇室にとってはなんの経済的負担もかからない、というわけである。

天海は皇室に対し、寛永寺に門跡寺院の格式を与え、京より親王を送ってくれるように要請した。これを〝東下住持《とうかじゆうじ》〟という。

かくして寛永寺は、皇室の承認と庇護のもと、日本国有数の大寺院となった。なにしろ皇族が寺院のトップにいるのであるから強い。天台宗の中心はいつしか延暦寺から寛永寺へと移ろいつつあった。

新東京大学なるものをどこかに造り、東京大学の教授陣や生徒が次第に移籍しつつあるような状態だ。天海が徳川家のためになし遂げようとしていたのは、まさにそういう政略なのである。

当時の人間にとっては驚天動地、あるいは狂気の沙汰にすら感じられる行動力であったに違いない。

その天海が里坊（僧侶の住い）の客間に座っている。畳が敷かれ、茶釜がかけられた座敷には、斉藤福《さいとうふく》が座っていた。

斉藤福は家光の乳母。のちの春日局《かすがのつぼね》その人である。家光を母親代わりとして扶育してきた。家光生母のお江与は、次男の忠長ばかりを可愛がり、家光のことは一顧だにしなかったので、母親代わりという表現は言い過ぎでも慣用句でもない。成人した今も家光は、斉藤福に対して大いなる感謝の念と思慕の情を持っている。すなわち斉藤福は家光に対して、絶大な影響力を持っているということだ。

その、扱いの極めつけに面倒臭い女が天海の前に座っている。日本の仏教界を手玉に取っている天海だが、斉藤福にだけは、どうしても頭が上がらない。

「どうあっても、駿河中納言殿を亡きものにせんとする腹の内か」

天海はお福に確かめた。茶釜がシュウシュウと湯気を吐いている。

しかしお福は、茶などは求めなかった。お福が天海に求めたのは、もっとずっと恐ろしくて、大きな犠牲を伴うものであった。

「中納言様に消えていただくよりほかに、家光様の御世を安寧ならしめる策がございませぬゆえ」

「ムゥ……」

天海は無言になって考え込んだ。天海はこの年、九十歳になったが、その知能はまったく衰えてはいない。若い頃と同等どころか、余計な野心や欲望が乏しくなった分だけ、冷徹に世の中を見据えることができるようになったと自負している。

天海は戦国時代の生き残りである。人が人を平然と殺す。たくさんの人を殺して多くの物を奪い取った者ほど、長者顔をしてふんぞりかえる。

女子供も同様だ。もっと殺して手柄を立てろ、もっと奪って土産に持って帰って来い、と激励して、母が子を、妻が夫を、子が父親を、血みどろの戦場に送り出す。

そんな浅ましい世の中をこの目で見てきた。地獄のような世相の中で多感な青少年期をすごしたのだ。

（あのような世を、再来させてはならない）

そう決意して、徳川家に手を貸してきたのだ。徳川政権の目指す恒久平和は、たとえそれが、徳川家の繁栄を永続させるためのエゴイズムにすぎなかったとしても、それがゆえに平和が長くつづくのであれば、まったく結構なことだ、と天海は考えていた。

徳川家の軍事力と政治力は、たしかに、外様大名たちを圧倒して、その牙を引っこ抜いた。いまや、徳川の覇権に挑戦してくる者などどこにもいない。

しかし――。家光の占める将軍職の座を狙う者たちならばそこここにいる。家康の血を受けた、同じ徳川の貴公子たちだ。

（中でも、駿河中納言様は危うい……）

野心をまったく隠そうともしていない。

秀忠とお江与は、家光よりも忠長を可愛がってきた。大きな子供より、幼い子供のほうが可愛く見えるから仕方がないにしても、そのせいで忠長は、「自分が将軍職を継げるもの」などと勘違いをしてしまったようなのだ。

子供時分の思い上がり、などというものは、成長すればいつしか消える。誰か大人が、天狗の鼻っ柱をへし折ってくれるからである。

ところが忠長は、二代将軍秀忠の息子だったがために、誰も天狗の鼻を折ってはくれなかったようなのだ。

ある意味、とんでもなく可哀相な環境で育ってしまった。そのせいで命の危機に晒されようとしている。

将軍は天下に二人はいらない。忠長が諦めないのであれば、忠長を殺すよりほかにない。

（それに、あの男は……）

二年前、天海はお福に唆《そそのか》されて、下野国の日光道中で忠長を暗殺しようと謀った。

結果は惨敗である。配下に抱えた多くの山法師（その実態は忍者）を失った。

そのとき忠長は、天海の予想だにせぬ一面を見せつけた。肥馬に跨がり、怒涛のように、天海の陣に攻めかかってきたのだ。

甲高い怒声を張りあげて雑兵どもを叱咤する。カッと見開かれた両目は蒼い炎を噴き上げているかのようであった。

（あの男は、信長公の血を引いておる……）

天海は心の中で忠長を、無意識に『男』と呼んだ。もはや『若君様』ではない。天海を脅《おびや》かしかねない敵だ。

（あの男を放っておくことは、できぬ）

信長に好き勝手なことをさせておいたら、日本国は生き地獄となる。そう確信したからこそ、本能寺で信長を討った。

そして今、信長の血を色濃く受け継いだ若者が、天海と徳川家の、つまりは天下の安寧を揺さぶろうとしている。

天海はほとんど驚怖した。忠長は地獄から蘇った信長その人なのではないだろうか。

(否、それは妄想だ。妄想だが、しかし……)

お江与と忠長が天海の正体を知ったら、織田家の血を引く者であることをなにより の誇りとしている二人は、けっして天海を許しはしないであろう。

(もはや、討つか、討たれるか、二つに一つか)

九十年の生涯を賭けてなし遂げた日本国の平和を、あんな無軌道な、我が儘勝手な 若造なんぞに覆《くつがえ》されてはたまらない。

「わかった」

天海は目を上げて、斉藤福をまっすぐ見つめた。

「わしも、本腰を上げて、忠長卿を討つことにいたそう」

斉藤福は目をショボショボとさせた。

気位の高いこの女は、他人に『ありがとう』などとは言わない。それどころか、他人に感謝の念を覚えたときには、微妙に屈辱も感じているらしいのだ。

天海は斉藤福の困った性格を知っている。この女なりに感謝しているのだと察して、あらためて、茶など点《た》てはじめた。

「しかし……、案じられるのは徳川家の次代のことよ」

「と、仰せられまするると」

斉藤福は知らん顔をして、白々しく訊ねてきた。いちいち癇に触る女だ、と思いながらも天海は、言わずもがなのことを口に出した。

「鷹司《たかつかさ》家の姫君を御正室に迎えて二年になろうというのに、まだ子がおできにならぬようだな」

三年前の上洛の直後、家光は、公家の鷹司家から孝子《たかこ》を御台所に迎えた。

鷹司家の本姓は藤原で、藤原朝臣鷹司信房《のぶふさ》は太閤の地位にあった。

実は、この孝子は、後水尾《ごみずのお》帝の中宮となるべきお人であったらしいのである。

徳川家は、徳川家を天皇家の外戚とするために、秀忠の娘の和子を無理やり後水尾帝に押しつけた。和子はその後、何人もの子を産んでいるから、夫婦仲はよかったらしいのだが、この徳川の政略結婚によって本来の地位から押し出されてしまったのが鷹司孝子なのである。

その孝子が家光の妻となった。正確には妻にさせられた。

徳川家や、皇室関係者とすれば、罪滅ぼしのつもりだったのかもしれないが、孝子にとっては二重の屈辱であったことだろう。

孝子は心を病んでしまったらしい。日光東照宮に納められた願文に、はっきりとそう書いてある。

「御台様（孝子）は、気も塞ぎがちでございまして」

お福は、心なしか小さくなって答えた。天海は茶碗をお福の膝元に差し出した。

「そんなときこそ、夫である家光様が足繁く御裏方に通われて、御台様のお心を慰めてやらねばならぬのではないか。顔を合わせ、言葉を交わしておれば、いずれは心も通じよう。それがの男女の道ではないのか」

お福には返す言葉もない。江戸城の御裏方（のちの大奥）を統括しているお福が、本来、女人戒で縛られているはずの僧侶なんぞに男女の道を説かれてしまった。

お福自身、天海に言われるまでもなく、家光の母親代わりとして、そうあって欲しいと願っている。

「しかし、肝心の若君様が、一向に……」

天海は小さな溜め息を洩らした。

「家光様の、あのご病気は、まだ治らぬのか」

家光は今日でいうホモセクシャルで、女体にはまったく性的興奮を感じない性質だった。

「忠長様を討つのは、さほどの難事でもない。しかしの、お福」

「あい」

「忠長様亡きあと、次の将軍となる若君を、すぐにも用意いたさねばならぬぞ。徳川宗家の血が絶えることなどあってはならない」

世継ぎがいないことが原因で徳川宗家に潰れられたりしたら、後々のことが面倒だ。

「それは、この福も、胸を痛めておりまする」

「家光様の奥向きを差配いたすはそのほうの役目だ。表向きのご政道に嘴《くちばし》を突っ込むのもよいが、おのれの役目をおろそかにしてはならぬぞ」

言わずもがなのことを言われてしまって斉藤福は、皺だらけの口元を口惜しげに尖らせた。

三

江戸から東海道を南にすこし下ったあたりに、白い砂浜が広がっている。砂州の形が鉄砲に似ていたことから、鉄砲洲と名付けられた。八丁堀とは海を挟んで目と鼻の先だ。八丁堀の寺町の、塔や伽藍がよく見えた。

いまや、宝台院の宿敵となりつつあるキリは、服部庄左衛門が鉄砲洲に構えた太物屋『渥美屋』に居すわっていた。

普段は女主《おんなあるじ》然として帳場に座り、大福帳を捲りながら算盤《そろばん》を弾いたりなどしているのだが、このところのキリは奥座敷に籠もり、我が子の稗丸《ひえまる》を見つめていることが多くなった。

今も、ハイハイする二歳の幼児を、似たような四つん這いの姿になって、熱心に見つめている。

キリの様子がなにやら変だ、と、渥美屋の者たち（実際には服部家に仕える伊賀の忍びたち）がヒソヒソと囁きあっている。

「あのキリ様でも、我が子は愛しいのですね」

などと、不遜な（馬鹿にしているようにも聞こえる）物言いで評したのはミヨシである。いつの間にかミヨシは、キリの侍女のような格に納まりかえっていた。

ミヨシも鬼蜘蛛の子を産んだ。キリよりも一年ばかり早い出産だったので、子供はもう、一人立ちして遊び回っている。

忍びの子は逞しいのが一番なので、この時期は好きなように走り回らせて遊ばせる。怪我などしても、それはのちに、生きるための智慧となる。まかり間違って死んでしまったらそれまでだ。忍びはひ弱では生き残れない。乳母日傘《おんばひがさ》で育てることはできない。

ミヨシは断りもなく奥座敷に踏み込んだ。キリはミヨシに気づいていたのであろうが振り返りもせず、四つん這いのまま、我が子の様子を凝視している。

「稗丸様はお健《すこ》やかにございまするか」

ミヨシは畳に両膝を揃えてから訊ねた。ちなみにこの当時はまだ、正座は一般的ではない。女は袴を穿いて、片膝を立てて座るのが普通だ。

しかしミヨシは袴を穿いていない。袴を穿く風習は急速に廃《すた》れ、裾まで模様を散らした（裾模様）小袖が流行している。その格好で片膝を立てたら陰部まで丸見えになってしまうので、正座が一緒に流行《はや》りはじめたのである。この正座は自分の陰部を晒さないための用心であって、礼儀作法とはあまり関係がない。

キリは、ミヨシには目もくれずに答えた。

「健やかだが」

ミヨシはちょっと、首を傾げた。

「お健やかで、なんです？」

「健やかだが」

キリはもう一度言ってから、スッと座り直した。いつでも無表情なキリにしては珍しいことに、落胆の表情を浮かべている。

「健やかなだけが取り柄だ。……これは、ただの人だ」

「ただの人？」

おかしな物言いだ。ミヨシはますます首を傾げた。

「ただの人、結構ではございませぬか」

頭から角が生えていたり、手足が何本もあったりしたら困る。

「そうではない」

キリはチラリと横目で、ハイハイをする我が子を見つめた。

「我が祖父の、半蔵正成《まさなり》を存じておるか」

「もちろんにございます」

徳川家康を天下人に担ぎ上げた陰の功労者だ。日本国の忍びで、服部半蔵の名を知らぬ者は一人もおるまい。

「ならば、半蔵正成に、二人の兄がいたことは、存じておるか」

「いいえ……。それは初耳です」

「さもあろう。二人の兄は徳川の家で旗本をやっておった。ただの武士だ。忍びではない」

「なにゆえ兄上様方は、服部宗家をお継ぎにならなかったのでしょう」

「ただの人でしかなかったからだ」

ははぁ、と、ミヨシにも、キリが何を言わんとしているのかが読めてきた。

どうやら、伊賀忍者の総領たる服部半蔵の名を継ぐ者には、生まれつき、なにかしらの素質が備わっていなければならないようだ。

(それが何かはわからないけれど……)

現在、半蔵の名を襲名しているキリを見れば、なんとなく、理解できる。たしかにキリはただの人などでは断じてない。

自分が産み、乳を飲ませた我が子をこんなふうに冷徹に観察できる母親など滅多にいないだろう。それだけでも特筆すべきことであった。

「この子を半蔵として育てることは、この子のためにはならぬ。命を縮めることとなろう。……お前は、石見守正就《いわみのかみまさなり》を知っておるか」

突然に話が飛んだので、ミヨシは円《つぶ》らな瞳を瞬かせた。

「え、えーと、服部半蔵家の二代目でしたか」

「左様だ。半蔵正就の跡を継いで、徳川伊賀組の頭となった。しかし、その男はただの人だった」

　ミヨシはますます目を見開いた。たしか、聞くところによれば、正就はキリの父親であったはずだ。父親に対して〝その男〟呼ばわりは酷い。

　キリはミヨシの困惑など気づかぬ様子で、淡々とつづけた。

「徳川の天下も磐石となり、もはや忍びなど必要ない。そう思ったのであろうか、半蔵正成は侍の真似事などを始めて、長子の正就を、長子であるというだけの理由で伊賀組同心の頭に据えた。その結果が、このありさまだ」

　キリは自分が居候している太物屋の座敷を、憎々しげに見渡した。

「伊賀組は家康の罠に嵌められて潰され、我らは天《あま》の下に行き場もない」

「はぁ」

「そもそも、石見守は半蔵の名すら襲えなかった男ぞ。ただの人を忍びの頭領とするわけにはいかぬ。……信十郎は何をしておるのだ」

　またしても唐突に話が変わったので、ミヨシはびっくりしたけれども、キリの無軌道な話しぶりには慣れていたので、すかさず話を合わせた。

「さぁて。明国に渡られてから、もう、半年にもなられまするな」

　と、ミヨシはフフッと忍び笑いを洩らし、袖で口元を隠した。

「菊池彦《きくちひこ》様が恋しゅうございまするか」

キリは顔色一つ変えずに答えた。

「次の子を産まねばならぬからな」

ミヨシはさすがに愕然とした。

服部半蔵の名を継ぐに相応《ふさわ》しい子を産むまで、キリは何人でも子供を作りつづけるつもりなのであろう。忍びとは、なんと業の深い生きざまか、と感じた。

(菊池彦様は、忍びなど必要とされない世を作ろうとなされておわしまする……)

戦のない世となれば、忍びも必要とはされない。ただの人が、ただの人として安心して生きていける。

そのとき、キリがふと顔を上げて、表のほうを見た。

「騒々しいな」

服部庄左衛門の太物屋は東海道に面している。その東海道をひっきりなしに、荷車が通って行くのである。

ミヨシはしたり顔で答えた。

「大御所様、ならびに将軍様の、御上洛のご用意にございますよ」

この年の五月下旬に、大御所秀忠が上洛することになっている。つづいて、七月上旬には、家光が江戸を離れて京に向かう。

父と子で一カ月半ものあいだが隔てられているのは、当時の東海道の宿場には、大勢の軍兵を一時に通したり、宿を手配したり、食物を供したり、排便された汚物を始末したりするだけの能力が備わっていなかったからである。

大御所秀忠が先に京に乗り込んで、皇室と朝廷相手の最後の根回しをするという理由もある。

秀忠と家光は、時の天皇、後水尾帝（読みは、ごみお・ごみずぉ・ごみずのお、諸説ある）に二条城への行幸を賜って、徳川の威信を満天下に知らしめようと計画している。

天皇が皇居を出ることなど、この時代の感覚ではありうべからざることである。大火や戦争などの凶事が起こったときぐらいしか、帝は外にはお出でにならない。

その慣例を打ち破ったのが、後陽成《ごようぜい》天皇の聚楽第《じゅらくてい》行幸で、天皇に強いて行啓《ぎょうけい》を実現させた豊臣秀吉であった。

秀忠・家光は、徳川家の天下取りの仕上げとして、後水尾帝の行啓を計画した。豊臣家にできて、徳川家にできないことなどあってはならない。また、天皇の権威を借りて、天下の大名たちを京に参集させる。その光景を日本国すべての者たちに見せつけ、徳川の威容を知らしめる。

かくして徳川家は天下の統治者として磐石の地位を築くことができるのである。

逆に言えば、この頃の徳川家の体制はまだ、磐石にはほど遠いものだった、と言えるかもしれない。のちの徳川幕府のような圧倒的な政治力・権威をもってはいない。

キリたち服部忍軍も、この上洛の一件に駆り出されている。街道筋の安全を保証し、秀忠・家光に対する反乱や暗殺を未然に防ぐためにはどうしても、忍びの力が必要だったのだ。

キリは大あくびをした。

「世の中が騒がしくなってきたから、信十郎も戻ってくるだろう」

ミヨシはパッと破顔した。

「そのときはうちの人も一緒ですね！」

「うちの人……？」

キリはすこし首を傾げて、

「ああ、鬼蜘蛛のことか」

と呟いた。

四

信十郎たちを乗せた鄭芝龍のジャンクは、海路を東へ、日本国へと帆走していた。海は穏やかに晴れて、風向きも申し分ない。帆柱に張られた真っ白な帆が大きく風をはらんでいた。

陽差しと海面の照り返しがきつい。信十郎は笠を翳《かざ》しながら、甲板に出た。甲板や帆柱では、大勢の水夫たちが威勢よく働いている。皆、真っ黒に日焼けしていて、上半身はほとんど裸だ。肌がテラテラと輝いていた。

いかに陽光がきついからといって、笠など翳している者はいない。笠で目を保護する信十郎を、苦笑まじりに眺めている水夫もいる。鄭芝龍の兄弟分であるから、さすがに嘲笑はしないけれども、それに近い目を向けられていた。

信十郎が笠を被っているのには理由があった。まず第一に、やはり彼は陸《おか》の男で、海上の強い陽差しには慣れていない、ということ。

あまりにもきつい陽差しで目を焼かれると、頭がクラクラとしてくる。夜などは何も見えなくなってしまって、あちこちに足などぶつけてしまう。

もっとも、それだけなら、数日もすれば慣れる。

しかし、今は、どうしてもこの目を保護して、いざという時に備えなければならない理由があったのだ。

信十郎は笠の下から、舳先《へさき》のほうに目を向けた。

(……いるな)

舳先近くの甲板に、男が一人、立っていた。

明国の僧侶である。黄色い煤けた僧衣を着て、肩から袈裟を下げている。この僧侶もまた、饅頭《まんじゆう》形の笠を被って、陽差しから目を守っていた。

僧侶は、信十郎に背を向けている。しかし、信十郎が視線を向けると、すぐにその背筋が伸ばされた。信十郎の視線を感じて緊張状態に入ったのである。

(たいした男だ)

信十郎は感心した。野生動物のように無意識に、周囲の危険に反応している。笠のてっぺんから甲板を踏んだ足の先まで、緊張感が漲《みなぎ》っている。ジャンクが波を乗り越えるたびに甲板は大きく上下したが、その僧侶はまるで、甲板に作り付けられた木像のように揺るぎもしない。

(よほどの武芸を身につけているようだ)

信十郎はそう、見て取った。

実際に僧侶の武術の凄まじさは、あの戦場で目の当たりにしている。粗末な下級兵士用の鎧とはいえ、鎧の上から殴られて、血反吐《へど》を吐いて倒れた金国兵までいた。

僧侶が武芸を身につけていることに関しては、まったく不思議には感じなかった。

日本でも僧侶や神主が武芸を身につけ、研鑽してきた。東国の兵法の源流は、鹿島・香取の神社に仕える神職だし、大寺院も、武蔵坊弁慶《むさしぼうべんけい》に象徴される僧兵集団を抱えていた。将軍家御流儀（御家流）にまで出世した柳生家も、元は春日大社に仕える家であったくらいだ。

戦国時代の剣客たちの逸話で、神前で祈っているうちに奥義《おうぎ》に目覚めた――などという話がよくあるが、神社や仏閣が武芸の学校だったのだから、神前や仏前で奥義に目覚めるのは、むしろ当然の話なのである。

あの僧侶が何者なのか、信十郎にはわからない。何者なのかはわからないが、油断のならない相手だということは、その物腰からすぐにわかった。

だから油断していない。笠で目を守っているのも、いざというときに視界が効かなくなるのを防ぐためだ。武芸者にとって五感は命であるから、注意深く行動しなければならなかった。

おそらく、あの僧侶が笠を被っているのも、同じ理由によるものだろう。僧侶は僧侶で信十郎のことを、油断のならない曲者《くせもの》だ、と、警戒しているのに違いない。

そこへ、二人が醸《かも》す緊迫感など素知らぬ様子で、いたって陽気な鄭芝龍がやってきた。

「なんね、笠なぞ被って。顔が黒くなるとキリ殿に嫌われると？」

「いや、そうではない」

信十郎はチラリと視線を僧侶に向けた。

「何者なのだ。あの御坊」

「ああ」

と、鄭芝龍はカラリと破顔した。

「陳元贇《チンゲンピン》という坊様だ。面白い男であろうが」

「面白い……というか、恐ろしい男だ」

「ははぁ、陳師の功夫《カンフー》を見たとか」

鄭芝龍は、功夫の真似事をして「アチャー」と叫んだ。陳元贇の繰り出す本物の武術に比べると、子供の踊りのような拙《つたな》さではある。

「功夫というのか、あの技は」

「うむ。オイもよく知らんとじゃが、少林寺《しょうりんじ》という山寺が奥地にあってくさ、そこの坊様は皆、功夫の達人ばい。陳師も少林寺で功夫を学んだという話ばい」

「日本でいえば、興福寺で槍を学んだ、というようなものか」

「それだけじゃなかばい。陳師は学問も良くお出来なさる。作陶もする。書も上手だ。何をやらせても上手にこなす名人ばいね」

この頃の〝名人〟は天才という意味で使われていた。

「なるほど名人か。ウム、俺は剣と炮術以外はさっぱり駄目だ。是非、あやかりたいものだな」

「フフフ。人間、一つだけでも才覚があるなら御の字ばい。陳師は格別のお人ばいね。真似などできるものではなか」

「そうかもしれぬが……」

あの柳生でさえ、剣術を平時の治世に活かそうと工夫を重ねている。

（それに引き換え、この俺は）

平和な日本と子育てから逃れて、大陸の最果てまで行ってしまった。

（心底、役に立たない男なのだなぁ……）

秀忠・家光父子の上洛を安寧ならしめるために、わざわざ日本に呼び返されるのだから、役立たずであるはずがない。しかし信十郎は、おのれの無力さについてボンヤリと考えている。

「陳師は日本に渡られる」

信十郎が物思いに耽《ふけ》っているとは思わずに、鄭芝龍が話をつづけた。

「えっ、なにゆえ」

明国の朝廷に仕えていても、出世が叶う才子であろうに、なにゆえ海の向こうの島国に向かわねばならないのか。

「それはわからんばい。じゃっど、今の明国は危急存亡の瀬戸際ばい。金国の暴虐から逃れようと思えば、日本へでもシャムへでも逃げ出さねばならんばい」

「明国はもう、そこまで追い詰められているのか」

「うむ。もしかしたら、明国は日本に援兵を求める気なのかもしれんばい。その地固めをするために、陳師が先に日本に渡るのかもしれんばい」

日本の貴族や高官たちと交際し、親明国派を作っておこうという策だろうか。

「それであるなら、明国の朝廷が名人を送り出す理由が頷けるな」

「うむ。気をつけねばなるまいよ、シンジュウロ」

「わしが？　どうして」

「事と次第によっては、明国と金国との戦に、日本国が巻き込まれるばい。援兵を送る話となればくさ、大陸に近い九州の大名が真っ先に出兵ば命じられるばい」

「肥後の加藤家もか」

「そういうことばい」

鄭芝龍は微妙な顔つきで笑った。

「だからと言ってくさ、こン船上で陳師ば殺されては困るばい。陳師はこのオイが、無事に日本までお連れすると請け合うたばい」

信十郎は肩をすくめた。自分はそんな乱暴者ではない。

「仮に、そうしようと思ったところで、俺に陳師が倒せるかどうか、はなはだ怪しいものだ」

海に投げ落とされるのは、多分、自分のほうだろう、と信十郎は思った。

無事に日本にたどり着いた陳元贇は、この年の五月、徳川家の儒臣・林羅山《はやしらざん》の仲介で家光に拝謁した。

家光と陳元贇とのあいだで、どのような質疑、あるいは会話が交わされたのかはよくわかっていない。家光も幕府の書記官たちも、陳元贇をその程度の小物だと思い、軽く扱って、記録にも留めなかったのである。

陳元贇にとっては時期も悪かった。上洛の準備の真っ最中で、幕府は上から下まで大忙しの状況だったのだ。

陳元贇は失望感と屈辱だけを味わって、家光の御前より下がった。


陳元贇は、家光の懐に入り込むことに失敗した。

家光はよく言えば、素直で、人の意見に耳を傾ける男である。悪く言えば主体性がなく、他人に影響を受けやすい。

もし、家光が陳元贇の価値あるいは魅力に気づいて、身近に置いていたら、おそらく陳元贇は家光の有力なブレーンとなっていたことだろう。

結果、家光は陳の助言を入れて、明国救援の海外派兵を断行していたかもしれない。明末清初のアジア世界の大混乱に日本も巻き込まれていたことになる。

しかし陳は家光を籠絡し損ねた。かくして日本は大陸から切り離されて、独自の歴史を歩んでいくこととなる。

しかし陳元贇は、家光を籠絡するという、おのれに課せられた使命に失敗したあとも、日本でのロビー活動を精力的につづけた。結果、日本に内乱の種を撒くこととなってしまった。

陳元贇が家光ではなく、尾張の義直、紀伊の頼宣のブレーンとなってしまったことで、日本国と徳川幕府は、大分裂の危機を迎えることとなるのである。

しかし。陳元贇と尾張義直が、家光の強敵としてたちふさがるのは、まだすこしばかり先の話だ。

寛永三年（一六二六）のこの年、家光の前に立ちふさがっていた最大・最強の政敵は、実弟、駿河中納言、徳川忠長であったのだ。

第三章　魔物は夢に潜む

一

話は、家光が陳元贇を引見した五月より、二カ月ばかり遡る。

忠長の江戸屋敷はこの頃、江戸城北ノ丸に置かれていた。

忠長はおのれのことを、「中納言様」と呼ばれるよりは「北ノ丸様」と呼ばれることを好んでいた。

当時、将軍家世継ぎの御殿は西ノ丸に置かれていて、「西ノ丸様」は将軍家お世継ぎの別称でもあった。「西ノ丸様」と「北ノ丸様」なら聞こえは対等である。忠長が将軍家世継ぎのように聞こえないこともない。

当時、まだ家光には嫡子がいない。つまり忠長は将軍家の継承順位では第一位の地位にある。「北ノ丸様」という呼び名はあながち、的外れでもないのだ。

秀忠・家光父子は、上洛を事前に控えて北ノ丸の、忠長の屋敷に臨んだ。同じ江戸城内の屋敷で、父と息子、あるいは兄と弟の間柄とはいえ、すでに身分は隔絶している。大名屋敷に大御所様と御所様（将軍）が御成りになった、という形式だ。忠長にとっては噴飯ものの宴席であっただろうが、駿河家にも人は揃っている。大御所様と将軍様の機嫌を損ねぬよう、万難を排して豪華な宴が用意されていた。

篝火《かがりび》の焚かれた中庭には能舞台が造られている。忠長は甲斐国をも領有している。甲斐は金山で知られた国で、なにゆえか、山師（鉱山関係者）と能役者とは縁が深い。能の大成者の世阿弥《ぜあみ》が佐渡に流刑にされたのも、実は、佐渡の金山の開発のためだったのではないかという説すらあるほどだ。

甲斐を領した忠長の許には、素晴らしく達者な能役者が揃っていた。秀忠の唯一の趣味は鼓《つづみ》を打つことで、家光は無類の能数奇である。大御所と将軍は忠長の趣向に満足し、終始、上機嫌であった。

この宴席には、土井《どい》大炊頭《おおいのかみ》利勝《としかつ》も臨席していた。このときの利勝は将軍家光つきの年寄（のちの老中）である。

利勝は、中庭に面した下ノ座敷に座って、上ノ座敷の徳川一家の様子を見つめている。能は急ノ段に差しかかり、演目のクライマックスを迎えようとしていたが、利勝の関心は能舞台などにはない。ひたすらに、秀忠の、家光の、そしてなにより忠長の様子に注意を払っていた。

利勝は、徳川家と天下の安寧のためには、忠長に消えてもらわねばならぬ、と思い極めている。斉藤福と並んで、反・忠長の急先鋒であった。

土井利勝は徳川家康の隠し子である――とされている。たしかに、家康譲りの冷徹な政略家、陰謀家であった。

その利勝の目で見ても、忠長という男は危険に過ぎた。才気に溢れかえっており、野望も逞しすぎる。

はっきり言えば、茫洋としたお人好しの家光などより、遥かに将軍に相応しい男なのだ。

（家光様づきの年寄である、このわしがそう思うぐらいであるから……）

諸大名も、徳川の旗本・御家人たちも皆、そう思っているのに違いない。

それだけでも脅威であるというのに、こともあろうにその恐ろしさを、肝心の大御所秀忠と将軍家光がまったく、気づいていない。立派に育ってくれた息子、頼もしい弟、などと呑気に構えているようなのだ。

秀忠は忠長に、五十五万石もの大封を与えてしまった。秀忠とすれば、自分の政敵は、若くて生意気な弟たち、尾張義直と紀伊頼宣だと考えているらしい。たしかに、この二人も始末に困る。

秀忠は我が子の忠長を駿府に置くことで、弟二人が謀叛を起こした際の防波堤とするつもりであるようだ。

しかし、と利勝は思う。

忠長には、兄の家光を護る盾となるつもりなどまったくない。むしろ、真っ先に江戸に攻めかかってくる者は忠長であるはずだ。

忠長が謀叛を起こした際に、尾張と紀伊は秀忠・家光の命に服して忠長討伐に参戦するであろうか。おそらくは、否である。

東海道の彼方には西国の外様大名たちが連なっている。忠長が蜂起すれば、外様大名たちは彼らなりの思惑で勝手に動く。

おそらくは、忠長の謀叛に加担して徳川宗家を倒し、そのあとで各各《おのおの》天下取りを目指すに違いないのだ。

いずれにせよ、忠長が蜂起した瞬間に、徳川の世は終わる。そして日本国はふたたび、戦国時代に逆戻りだ。

(忠長は潰す。潰さねばならぬ……)

利勝は家康譲りの巨眼を閉じた。と同時に、能の演目が終わった。

「見事であった!」

感に堪えない様子で家光が立ち上がった。と、ドスドスと足音も高く欄干に駆け寄ると、着ていた狩衣《かりぎぬ》を脱いで、能舞台めがけて投げた。

花(祝儀)である。着ている物を脱いで投げ与える風習は明治時代までつづいた。相撲の大一番では今も座布団が投げられるが、もともとは、あれは、旦那衆が羽織を投げていた名残《なごり》なのだ。着物が高価で、いくらでも金に替えることのできた時代ならではの光景である。

家光が花を投げたのであるから、陪席の大名や旗本たちも黙ってはいられない。競い合うようにして装束を脱いで、我先にと庭に投じた。土井利勝も、苦々しい思いは腹の内に納めて、狩衣を脱ぐと、そっと庭に落とした。能役者の付け人たちが腰を低くして、花を拾い集めにきた。

大名旗本一同、揃って小袖姿になる。小袖姿でそれぞれの席に座り直した。小袖は下着だ。礼装での出席が義務づけられている公式晩餐会で、全員が燕尾服を脱ぎ捨ててワイシャツ姿になったようなものだ。奇観である。

利勝は苦々しく、この珍奇な光景を眺めている。

(帝を迎えた宴の席で、このような姿を晒してしまったら、どうなる)

二条城行啓でも、能の御覧が予定されている。そんな席で将軍が小袖姿になったりしたら大事《おおごと》だ。末代までの笑い種《ぐさ》となるであろう。

まさか、帝の前で装束を脱いだりはしないだろう、とは誰でも思う。だが、その常識をもっているのかどうか、はなはだ怪しいのが家光なのだ。

一人、忠長だけがきちんと装束を身に着けている。自分の家で養っている能役者に花を投げるのはおかしいのだから、これで当然なのであるが、しかし、この場で一人だけ挙措を正しくしている姿がなにやら厭味で、憎々しくさえあった。

(家光が、あのような阿呆であるかぎり、忠長の引き立て役とならざるをえない)

利勝は唇を噛んだ。

次の演目が始まるまで、暫時《ざんじ》休息の時間がもたれた。演目中に主賓や貴賓が席を立つと、能の演目は最初からやり直さなければならない。大御所も将軍も、小用に立ちたいのなら、今のうちに行っておかなければならない。

花を投げた者たちも、いったん下がって新しい装束を纏《まと》って戻らなければならない。装束の替えがない者は、能役者に祝儀の金を渡し、引き換えに装束を返してもらう。

大名たちも席を立ったり、戻ってきたり、席についてもザワザワと私語をかわしていたりする。むろん、政治向きの話題を出すほど愚かではない。今見た舞台の感想や、それぞれの趣味の話などを語り合っていた。

家光が席を外した。近仕の者にかしずかれながら控えの間に向かった。

広い上ノ座敷に一時だけ、秀忠と忠長の二人きりとなった。

秀忠も感興斜めならず、上機嫌に、息子に声をかけた。

「どうじゃな。駿河の統治は首尾よく運んでおるか」

「はっ」

忠長は居住まいを改めて、低頭した。

「大御所様より、才ある者どもをお下し頂けましたので、検地その他、滞りなく進めることができましてございまする」

秀忠は我が子忠長のために、有能な役人たちを駿河中納言家に出向させた。それらの者たちの働きで、五十五万石の大封は、主君忠長の無軌道ぶりにもかかわらず、見事に治まっているようだ。

「駿河は東照神君様の直轄地であった。民人は東照神君様を今でも慕っておると聞く。無闇に締め上げてはならぬぞ」

言われるまでもないことで、他の者に対してなら「わかっておる！」などと怒鳴り返すところであるが、さすがに忠長は恐れ畏《かしこ》まって答えた。

「父上のお言葉、我が胸に深く、刻みましてございまする」

大御所様ではなく、父上と呼んで親愛の情を籠める。忠長は末っ子で、こういうところが上手だ。対人関係に不器用な家光にはできない人たらしの芸当である。

「うむ」

秀忠も口元を緩めて頷き返した。親藩の大名ではなく、我が子に対する愛情を見せた。

と、普通の人間であれば、ここで話は丸く収まり、秀忠もご満悦なのであるが、しかし、忠長は普通の人間ではなかった。秀忠の上機嫌を見て取ると、とてつもない要求を口にしはじめたのだ。

しかも、今は家光が席を外している。口うるさい老臣たちも上ノ座敷には入って来れない。父子二人だけで会話できる機会は、こんなときにしか訪れない。

「父上」

忠長は声をひそめて、膝をわずかに滑らせた。

「忠長、父上に所望がございまする」

「所望とな？　なんじゃ」

秀忠はつい、聞き返してしまった。思慮分別があれば、忠長の口から出させてはならない、ということに気づいたはずだが、なにしろ上機嫌で、かつ、珍しく御酒を過ごしていたのである。

忠長は勢い込んで、遮《さえぎ》られる前に、一気にまくし立てた。

「この忠長に、大坂の地をお下しくださいますよう御《おん》願い奉りまする」

「なんじゃと？」

秀忠は忠長の顔を見つめ返した。酒で赤らんでいた頬が一瞬にして青白くなり、目つきも険しくなった。だが、それで臆するような忠長ではない。

「徳川の世の、安寧をはかるためにございまする！」

忠長は得々として、おのれの構想をぶち上げはじめた。

曰《いわ》く、江戸から天下を治める将軍家を支えるため、西国に副将軍家が必要であること。

副将軍家を置くならば、京を背後に扼した金城湯池《きんじょうとうち》、大坂以外にありえないこと。

「大坂ならば、瀬戸内の海を運河とし、西国のいかなる場所にも、即座に兵を送れまする！」

日本国の道は、山あり谷ありで細く険しく、また、大雨が降ればすぐに橋は流され、渡し船はとめられてしまう。大量の兵の動員や、物資の輸送には、海上交通を使うのが一番なのだ。

「昨今、明国は金国との戦の真っ最中。また、南蛮諸国の動静も気を許せぬところ。異国の侵攻を迎え撃つ際にも、大坂は天下の本営となりえましょうぞ！」

「ふむ……」

秀忠は、我が子、忠長の顔をまじまじと見つめた。

正直なところ、これが本当に俺の子なのか、と不思議にすら感じた。

（才気が煥発に過ぎる……）

妻のお江与は忠長のことを、信長の生まれ変わりのように言っている。我が子可愛さゆえの妄想かと思っていたのだが、たしかにこの才気は、信長のそれを髣髴《ほうふつ》とさせないこともない。

(茫洋とした家光とは、比べ物にならぬな)

西国の外様大名への抑えが必要であることぐらいなら、家光でも、理解していることだろう。しかし、異国の情勢を注視しながら日本国を治める必要があることなど、家光はまったく考えていないだろうし、それどころか秀忠でさえ、そこまで深くは考えていなかった。

(頼もしいと言うべきか、それとも……)

秀忠という男は、苦労人だけに心配性である。

(わしが死んだのち、忠長は、家光におとなしく従うであろうか)

とても、そうは思えない。兄弟相剋、血で血を洗う戦になってしまうのではあるまいか。

忠長は父に決断を求めてくる。熱心な目つきで、『大坂をくれ!』と訴えている。

(忠長に駿河五十五万石を与えたのは、過ちだったのかもしれぬ……)

大封に満足して、おとなしくなるかと思ったら、まったく逆で、さらに大きく欲望を膨らませてしまったようだ。

どうやら人間には、満足を知ることのできる者と、際限なく欲望を膨らませる者との二種類がいるようだ。自分や家康は前者、忠長や信長は後者である。

（忠長の始末、わしの目が黒いうちにつけておかねばならぬのかもしれぬ……）

秀忠は暗い目つきでそう思った。

「その話は、わしの一存では決められぬ。年寄どもとも諮《はか》らねばなるまい」

忠長は、これまで最大の味方にして庇護者であった父・秀忠を、敵の側に回しかけているとも気づかずに笑った。すでに我が意が通ったものと決めつけているような顔つきであった。

「大御所様には、よろしく、ご勘案くださいまするよう」

欲望の漲る目つきをギラギラと光らせながら一礼した。

二

能の演目が終わった。秀忠は暫時、休息を取ることにした。

控え座敷に入ってドッカリと腰を下ろし、脇息《きようそく》に身を預けて、深々と溜め息をもらした。

頭が痛い。心なしか目眩《めまい》もするようだ。秀忠はこめかみを揉んだ。

徳川秀忠という男は、頑健なのか、虚弱なのか、よくわからない体質をしている。およそ、大病というものを患ったことがない。関ヶ原の合戦や両度の大坂決戦では、活躍こそしなかったが、重い鎧を身に着けての行軍にもよく耐えた。冷たい雨に打たれながらの野営生活でも、身体を壊すことはなかった。

しかし、日々の生活ぶりは、健康的とは言いかねるものであった。顔色も悪いし、食も細い。顔も身体もゲッソリと痩せている。疲労は心身ともに及んでいて、愉しい気分になったことなど、ここ数年ばかり一度もなかった。

（上洛すれば、また、気重なことばかりが待っておるのであろうな……）

朝廷の顕官たちを相手に折衝せねばならないし、帝を二条城へ迎えねばならない。煩雑で肩の凝る儀式が延々と何日もつづけられるに違いないのだ。

そんなことを想像しているうちに、ますます秀忠は気重になってきた。できることなら、将軍家大御所などという大役、すっぱりと投げ出してしまいたい。誰かに肩代わりしてもらえないものか、などと考えた。

庭には白い玉砂利が敷かれ、篝火が炎を上げている。薪がパチパチと音をたてて弾けた。

そのとき、座敷の欄干の下で、何者かがうずくまる気配がした。

「誰じゃ」

秀忠は訊ねた。

まさか、曲者が入り込んだとは思っていない。ここは江戸城北ノ丸。深くて広い堀で外界とは遮断されている。さらにこの邸内には、駿河中納言家の武士たちと、秀忠、家光直属の番士たちが詰めているはずであった。

黒い影が答えた。

「波芝にございまする」

「おお」

秀忠は顔を上げた。心なしか、晴れやかな表情になっている。

「波芝殿か。お入りあれ」

「はっ」

表には番士がいるので通れない。信十郎は欄干に這い上がり、雪駄《せった》を脱ぐと懐に入れた。そして窓を乗り越えて、座敷内に入ってきた。——などと書くと、ちょっと滑稽で見苦しい姿に思えるのだが、信十郎の身のこなしは軟水の流れるように自然で、まったく遅滞のない動きであった。無駄な動きが一切ない。秀忠の目には、名人上手の演舞者の、一さしの舞いを見るかのように映っていた。

「大御所様のお呼びにより、波芝、只今推参仕《つかまつ》りました」

「おう。大儀であった……といいたいところであるが、波芝殿、貴殿は故太閤殿下のお子じゃ。この秀忠は太閤殿下の家来であった者。そのような挨拶は無用になされよ」

その豊臣家を滅亡させたのは秀忠である。考えようによってはこの二人、仇敵ともなるべき関係なのであるが、二人ともが日本国の平和を願っている。自分たちが反目し合うことが天下大乱の引き金となることを知っていた。

「わしが、腹蔵なく、思いをぶちまけることのできる相手は、この世に波芝殿、ただお一人だけよ。我が唯一の友とも思っておる」

などと秀忠は、信十郎に向かって心情を吐露したこともある。ともに天下人の不肖の息子たちだ。互いの心の傷の深さを、語らずとも理解し合っている二人なのである。

「それにしても……」

と、秀忠は不思議そうに視線を巡らせた。

「この警戒の厳重な駿河中納言の屋敷に潜り込んでくるとは。いったいどんな幻術をお使いになられたのか」

「はぁ、それは」

信十郎は困り顔で答えた。

「西ノ丸の御殿に潜り込むのは、いささか難しゅうございましたもので……」

「この屋敷なら潜り込むのはたやすいか」

「今宵に限って申せば、たやすいことにございます」

秀忠の家来たちと忠長の家来たちとが入り交じっている。信十郎が割って入ったとしても、秀忠の家来は忠長の家来だと思い込むし、忠長の家来たちは秀忠の家来だと思い込むわけだ。

「なるほど、これは盲点だな」

「いかにも左様にございまする。……こたびの上洛では、この点、なんらかの御対処を諮《はか》られまするよう」

「うむ。そういたそう。助言かたじけない」

「しかし、まぁ、ただの曲者が入り込むのは難しゅうございます」

「波芝殿はただの曲者ではない、と申されるか」

「服部家の力を借りましたゆえ」

「伊賀組同心の。左様か」

秀忠は信十郎とキリ（すなわち服部半蔵）との関係を知らない。しかし、前回の上洛では信十郎は、徳川の忍軍とともに活動していたので、なんらかの繋がりがあるのだろう、ということは察していた。

「ところで、明国に渡っておられたそうじゃな」

秀忠は、日本国の為政者として当然に、隣国の情報を知りたがった。信十郎は自分が見聞きしたことを語って聞かせた。

「……おそらく、明国はいずれ金国に攻め滅ぼされましょう」

「まさか、あの大明国が」

信十郎は困った顔で首をひねった。

「それがしが物申すのも憚《はばか》りがございまするが、文禄と慶長の両度にわたる日本国との戦で、明国の兵力は払底いたしております。それを見定めて、金国が攻めかかった、という次第でございます」

豊臣秀吉の命で派遣された『日本軍』は、最終的には明国と朝鮮の連合軍に敗れたが、その過程で明国軍におびただしい損害を強いていたのだ。日本軍には勝つことができた明国であったが、もはや、金国軍を撃退するだけの力は残されていなかったのであった。

「ううむ……。ならば我ら、日本国もうかうかとしてはおれぬな。明国と金国との戦に巻き込まれぬよう、しかと備えておかねばならぬ」

つい先年、台湾がオランダに、フィリピンがイスパニアに占領されたことは、秀忠も当然に知っている。

「今、この時期に、日本国で内乱を起こすなど、もってのほかだ」

「御意」

隙を見せれば四方八方から侵略の魔の手が伸びてくることであろう。この時代の国際社会とは、そういう世界であった。

「ならばこそ、わしは、帝との紐帯《ちゅうたい》をより一層、深めねばならぬと思っておる。それがゆえの上洛と、二条城行啓じゃ。万難を排しても成功させねばならぬ。……そこでじゃ、波芝殿」

「はっ」

「前回の上洛では、我らを快く思わぬ者どもが、なにかと邪魔だてをしてまいったが、こたびもそのような動きはあろうかな？」

「さて、そのような不穏な話は聞こえてはまいりませぬが」

三年前とは異なり、後水尾帝と徳川和子中宮との仲はしっくりといっている。子も次々と生まれ、徳川からはなにくれとなく献物が帝と公家たちに送られている。帝も朝廷も、京の町衆も、表向きには徳川との関係改善を歓迎していた。

「なれど油断はできませぬ。いついかなる時と場所にも、痴《し》れ者は潜んでおりましょう」

理屈や常識のまったく通じぬ相手が、いつ、どこから襲いかかってくるかわからない。

「わしも同感じゃ。それゆえに波芝殿に御足労願ったのよ。わしはともかくとして、息子どものことをお頼みできるのは、波芝殿をおいてほかにはないのでのぅ」

「恐れ入ります」

信十郎はこれまでに何度も、家光、忠長の兄弟の命を救ってきた。秀忠の信十郎に対する評価は、もはや信仰に近い域に達している。

信十郎としても、日本国の平和を守りたい思いでは一致している。家光・忠長の兄弟の死や、仲違いが、即座に大乱に直結してしまう以上、彼らの命を守るべく奔走することも、けっしてやぶさかではないのである。

「畏まってございまする。万事、この波芝にお任せを」

柄にもなく、大言壮語して答えたが、この場合はそう答えて、秀忠を安心させるのが、なによりのことであるのに違いなかった。

三

信十郎は江戸城を抜けて駿河台《するがだい》方面に出た。

この当時の駿河台は、神田山切り崩しの真っ最中である。神田山は江戸城内を見下ろしかねない丘陵で、江戸城の攻防戦となった際、敵に占拠されたら大変なことになる、という理由で切り崩された。そしてその土砂は江戸湾の干潟に投じられて、次々と埋め立て地が造られた。伊達家の上屋敷がある日比谷のあたりなどはかつて、日比谷入江と呼ばれる海であったのだ。

神田駿河台はあと数十年も経つと、幕府の高官たちの屋敷が建ち並ぶ高級住宅街となるのだが、この話の当時はまだ、関東ローム層の赤土が剝き出しとなった造成地だ。人足たちが置き捨てにした畚《もっこ》や鍬《くわ》などが雑多に置かれている。深夜であるので人の気配もない。信十郎は夜霧のたなびく中を、一人、歩きつづけた。

小さな灯が遠くにともった。誰かが煙管《きせる》を吸いつけたかのような、そんな小さな炎であった。

「む?」

信十郎は足をとめ、その、小さな炎を凝視した。

炎がふいに、二つに分かれた。よくよく見ればその炎は、どうやら空中を漂っているようにも見える。

「人魂か」

何もない空中を炎だけが飛ぶ、などという現象は、常識では考えられない。

炎はさらに、三つに別れた。と、見るや、
ゴオッ!

うなりをあげて信十郎めがけて襲いかかってきた。

まるで三匹の蛇のようだ。細長い炎が地を這いながら走ってくる。炎の先端が信十郎の足元に嚙みつくより早く、

「タアッ」

信十郎は跳躍した。金剛盛高を一閃させて、炎の先端を切り払った。

しかし、刀で炎が切れるものではない。金剛盛高は虚しく空振りをする。信十郎は炎の攻撃から遠く離れて着地した。

「フフフフ……」

闇の中から不気味な笑い声が響いてきた。

「誰だ」

信十郎は誰何《すいか》して、声のしたほうを凝視した。その瞬間、ボワッと大きな炎が噴き上がった。

闇の中を歩いてきた信十郎の目は、瞳孔が開ききっている。目を凝らしていたところへ凄まじい炎を見せつけられてしまい、一瞬、目が眩んだ。

「ムッ！」

目には見えぬが、何者かが突進してきた気配を察した。信十郎は咄嗟《とっさ》に金剛盛高で切り払った。

キンッ、と金属音が響いた。信十郎は何者かの刀を打ち払った手応えを感じた。すかさず踏み込んで二ノ太刀を振るう。だが、両目は眩んで敵の姿も定かに見えぬありさまだ。またも虚しく空振りをした。

「ふん。なかなかやるな……」

闇の中から声が聞こえた。同時に、すべての炎が一瞬にして消えた。

今度は信十郎は、眩しさの残像に悩まされることとなった。目を開いても視界いっぱいに緑色の残像が広がっているばかりだ。まったく夜目が利かない。

「何者だ」

信十郎は再度、声を放った。闇の中から声が響いた。

「波芝信十郎、簡単に討たれるようでは面白くない……。隠形鬼《おんぎょうき》の腕を奪い、風鬼《ふうき》を殺した男だ……」

「あの二人の仲間なのか」

「左様。火鬼《かき》という」

瞬間、空中を火箭《かせん》が四方に飛んだ。周辺に置き捨てられていた雑嚢や木箱に突き刺さった。

爆発的に巨大な炎が噴き上がる。信十郎は熱風を避けて真横に飛んだ。地面に転がる。小袖の袖には炎がついたが、転がっているうちに消えた。

「油を使っているのか」

どうやらこの一帯には、がらくたに紛れて可燃物が仕込まれているようだ。それにしても凄まじい炎だ。信十郎は黒い牛革の羽織を着ている。厚い牛革は刃物にも強いし、熱や炎にも強い。

(どうやら、この羽織のおかげで、まともに炎を浴びずにすんだようだ)

実に危ういところであった。

しかしまだ窮地を脱したわけではない。暗闇と炎の組み合わせが実に厄介だ。相手の姿すら見て取ることが難しい。

信十郎は身を起こし、低く腰を落とした姿で身構えた。

この爆発的な燃え方から察して、相手は臭水《くそうず》を使っているらしい。越後国《えちごのくに》などに産する〝燃える水〟だ。地中から燃える水が噴き出している場所があるのだという。

臭水はその名のとおりに臭い。臭いを嗅いで臭水の撒かれた場所に気づけば、この火炎攻撃を避けることができるはずだ。

信十郎は鼻をヒクつかせたが、しかし、臭水の臭いはまったく感じられなかった。

炎が小さくなっていく。ふたたび闇が戻った。火鬼はまだ、闇の中に潜んでいる。

「貴様も、天海上人の配下なのか」

隠形鬼や風鬼が、天海ならびに斉藤福の命を受けて暗躍していた、という事実は、信十郎の活躍と、キリたち伊賀衆の働きで突き止めてある。

信十郎が問い質すと、火鬼の声が返ってきた。

「今のところはな。……だが、お主がその気なら、お主の配下になってやってもよいぞ」

思ってもみない返答が返ってきたので、信十郎は思わず眉根を寄せた。

「どういう意味だ」

火鬼は笑った。

「なにを驚くことがある。我ら忍びは、技を買ってくれる者に従う。忠義の心など持ち合わせてはおらぬ」

「俺に、その腕を買え、ということか」

「安くは売らん。お前が天下取りを目指すというのであれば、この腕、お前のために使ってやろう。……どうだな、豊臣信十郎」

「何を言う」

火鬼の声が闇の中を移動する。一種の幻惑だ。

「『何を言う』とは、こちらの申しようだぞ、太閤の子よ。……我ら山の忍びたちはかつて、お前の父御《ててご》にこの腕を高く買ってもらった。お前の父も元はと言えば道々外《みちみちげ》生人《しょうにん》。たいそう仕えやすい主であったことよな」

信十郎は、火炎の術で目を眩まされたうえに、精神的な動揺まで強いられて、ますます激しい目眩を覚えた。

「俺には、そんなつもりはない！」

「フフフ……。お前が天下を取れば、我らはまた、元の気楽な山忍びに戻れる。徳川の世は窮屈でいかん。どうだ。兄を攻め殺した徳川に復仇《ふっきゅう》したいとは思わぬか。お前が立つと言うのであれば、我らはこぞって力を貸すぞ」

「言うな！」

青紫色の炎が、足元の地面にボッと灯った。その炎から火鬼の声が聞こえてきた。

「なんだ、お前も、天海と同じか。弱気の虫に取りつかれたか。……よいことを教えてやろうぞ。天海はほかの誰よりも、お前のことを恐れておる」

「俺を？　なにゆえだ！」

「わからぬのか。お前が太閤秀吉の遺児だからだ。天海は小心者よ。信長と、秀吉を、地獄の獄卒を見たかのように恐れておった。怖くて怖くてたまらず、だから信長を殺した。そして、秀吉に殺されるのが怖かったから、自ら死んだ真似などをしたのだ」

「何が言いたい！」

「天海は、駿河の忠長を、信長の生まれ変わりだと信じておる。そしてお前を、秀吉の生まれ変わりだと思っておるのだ」

「馬鹿な！」

「天海はやるぞ。信長を殺す。そして秀吉をも殺そうとする」

すでに天海は一度、忠長を殺そうと謀った。火鬼の言葉は正鵠《せいこく》を射ている。

「フフフ……。天海などに仕えておっても面白くない。どうだ、我らを従えて一暴れしてみぬか。あわよくばふたたび、豊家の天下を取り戻すことができようぞ」

「黙れ！」

信十郎は青紫色の炎に斬りかかった。金剛盛高が振り抜かれるのと同時に、炎が消えた。

火鬼の声が遠ざかっていく。

「よく考えろ。徳川の世が、本当に、我ら、道々外生人にとって好ましいものであるのかどうかをな……」

声が途切れるのと同時に、火鬼の気配も消えた。

信十郎は、言い様のない虚脱感を覚えて、近くの廃材にすがりついてしまった。

悩ましい溜め息をつく。額にはジットリと、濃い脂汗が浮かんでいた。

四

五月十五日、江戸城本丸、表御殿に出仕していた伊達政宗に対して、秀忠上洛の先陣が命じられた。政宗は表向きには、恐悦至極の態を装って恭《うやうや》しく、拝命した。

土井利勝が表御殿の畳廊下を行く。

伊達政宗は登城すると大広間に入る。『殿中席』といって将軍に呼びつけられたりしない限り、そこで待機している決まりであった。

利勝は大広間に入った。政宗は静かに端座して、庭など眺めている様子であった。

秀吉と家康を悩ませた奸雄、伊達政宗も、もはや五十九歳。年相応に枯れてきて、天下の覇権など、まったく興味をなくしたかのような顔をしていた。

しかし、と、利勝は気を引き締めた。

戦国の世を生き抜いた男など、徹頭徹尾の大嘘つきに決まっている。真っ正直な者が生きていける世の中ではなかったのだ。ケダモノの世を生きられるのは、飢狼のごときケダモノだけなのである。

「仙台殿」

土井利勝は恭しく、政宗に声をかけた。

年寄（老中）というものはとても偉い。自身は十万石未満の小大名だが、外様の大大名をつかまえて「そのほう」呼ばわりをする。

しかし、政宗は家康から『天下の副将軍』に任じられた男だ。だからこそ今回も、副将軍として真っ先に、京に乗り込む栄誉を与えられたのである。

政宗は首をよじった。隻眼なので、振り返るときにはより大きく振り返らなければならない。

「おお、大炊殿か」

向き直って座り直した。利勝は政宗に向かって平伏した。

「こたびの御先陣、大慶至極に存じあげる」

「うむ」と頷きかけて、政宗は、表情を改めた。

「なぁに、わしは徳川の副将軍。将軍の露払いをするは、東照神君様より命じられた役目ぞ。これが我が勤めであれば、何事もない」

「恐れ入ったお言葉でござる」

土井利勝は家康の隠し子である。しかも、秀忠よりも年上だ。

利勝は、秀忠の宿老として徳川幕府を切り盛りしてきた。実質的には土井利勝こそが徳川の将軍だったのである。その利勝からすれば、副将軍気取りの伊達政宗など笑止千万。とんだお笑い種なのだが、そこは能吏であるから、顔には出さない。

「上様より、御上洛の支度金でござる」

利勝は携えてきた目録を、政宗に披露した。上洛の費用として銀千枚が贈られたのだ。

　この時期の徳川幕府は、のちの世のような貧乏所帯ではない。全国の金山銀山を直轄経営している。さらには朱印船貿易の利益も独占していた。町人たちが台頭し、経済力で武家社会を圧倒するようになるまでには、あと百年近くの社会熟成が必要だ。この時期の徳川家は、日本国の富を独占する超絶的な大富豪だったのである。

　政宗は恭しく拝領した。むろんのこと、本心は別であろう。政宗が腹の底で何を考えているのかなどは、土井利勝の炯眼《けいがん》をもってしても計り知れない。

　その政宗がふと、何事か思いついたような顔つきで目を上げた。隻眼の視線を利勝に向けてきた。

「ときに、大炊殿。御貴殿はお聞きなされたか」

　しれっとした顔つきで、世間話を装っている。だが、こういうときの政宗が一番危険であることを、利勝は知っていた。

「何事でござろう」

　警戒しつつも素知らぬ顔つきで受けた。

　政宗は膝を乗り出してきた。

「この政宗、東照神君様より副将軍を仰せつけられ申したが、大御所様はこの政宗の働きぶりに、満足なされておられぬ――という風聞を耳にいたしたのでござるが」

「まさか」

利勝は作り笑いで手を振った。

「大御所様は、仙台殿の御忠義にいたくご満悦。なればこそ、こたびの御上洛でも、御先陣をお命じなされたのでございましょう」

「左様ならば、よいのだが……」

「何か、仙台殿のお心を悩ますことでも？」

「うむ。風聞では、大御所様は、この政宗より副将軍職を取り上げ、駿河中納言卿にお下げ渡しなされる御所存とか」

「埒《らち》もない。根拠もない噂でござる」

「左様か。聞くところによると、こたびの御上洛ののち、中納言卿には大坂の城と、百万石が下されると、耳にいたしておりまするぞ」

利勝はいい加減、ウンザリとしてきた。

そのような話が、秀忠と忠長とのあいだで交わされた、ということは知っている。秀忠に仕える近習や小姓は、土井利勝に一人残らず手懐けられていた。彼らを通じて大御所秀忠の周辺でどのような会話が交わされたのか、筒抜けに、利勝の耳に入るようになっていたのだ。

「埒もないこと。この大炊頭、そのような話は一切、耳にいたしておりませぬぞ」

　すると政宗は間抜けヅラを装って、首をしきりに傾《かし》げさせた。

「天下の年寄たる大炊殿が知らぬ、と申すのであれば、これは悪しき風説であるか」

「いかにも左様でござろう。いったい誰が、このような戯れ言を……」

　政宗の隻眼がギラリと光った。口元がニヤリと笑ったように見えた。

「ほかならぬ、駿河中納言卿より聞かされたのだが」

　さすがの利勝が、瞬間、言葉を失った。頭にカッと血が昇るのを感じた。

　政宗は、薄笑いを浮かべながら利勝の慌てぶりを見守っている。まるで蝮のような顔つきだ、と、利勝は思った。

「ちゅ、中納言卿はああいうお人柄ゆえ、人を担ぐのが好きなのでござる。幼少のみぎりより悪戯っ子でござってな。この大炊頭も、なんどもたぶらかされたものでござるよ」

「ははぁ、知恵者で知られる大炊殿を騙すとは。いやはや、呆れ返った悪童。この政宗がたぶらかされるのも宣《むべ》なるかな、といったところでござろうか」

「まったくもって、邪気のない子供の嘘は始末に困るものでござるわ」

政宗は呵々大笑した。利勝も含み笑いで追従《ついしょう》した。

「おのれッ！」

利勝は老中専用にあてがわれている座敷に戻り、障子を閉ざすと、荒々しく毒づいた。

「忠長め！」

おのれの勝手な思いつきと野望を、伊達政宗のような油断のならない外様大名に語って聞かせるとは何事か。

利勝としても、忠長の着眼点は悪くないと思っている。ことに、諸外国に対するための拠点として、大坂が重要であることに気づいたところなど、忠長の知謀も、なかなかのものだと感じてはいた。

「だが、おのれの腹案を軽々しく口に出すことがいただけぬ」

苦労が足りないからである。我が儘勝手に育てられ、口が災いの元だと思い知る機会がないままに、大人になってしまったからだ。

家康は今川の人質であった。土井利勝本人は家康の子として生を受けながら、家臣の家に養子に出された。凡庸と悪評を受けている秀忠でさえ、一時期、豊臣家に人質として差し出されたことがあった。

これら、徳川の世を築いた英傑たちに比べると、家光、忠長の兄弟は圧倒的に苦労が足りない。ことに忠長の奔放ぶりはどういうことであろうか。利勝の目には、我と同じ人間だとは思えない。本能の赴くままに生きている獣と同じではないか。

(獣であるとしたら、恐ろしい獣だ。五十五万石という牙を持っている)

家光の喉笛を嚙み切ることも可能な牙を生やしているのだ。

(忠長は、どうあっても、始末せねばならぬ)

土井利勝はそう決意した。その直後、ふと、(政宗めにまんまとのせられたのではないのか)と思わぬでもなかったが、しかし、政宗の思惑はどうあれ、徳川の世の安寧のために、忠長を始末せねばならないことは事実なのだ、と思いなおした。

五

「帰って来たと思ったら、もう行くのか」

キリが心なしか、切なそうな顔つきでこぼした。

「うむ。日本国の安寧のためだ」

信十郎は渥美屋の離れ座敷に座っている。その膝の上には我が子の稗丸がいた。

稗丸は不思議そうに両目を開いて、自分の父親を見上げている。

信十郎も、自分の息子を無言で見つめた。

何か言わないと、母親であるキリに対して申し訳ないような気がしてきた。しかし、ただでさえ世馴れぬ信十郎は、子を褒める言葉などほとんど知らない。

「物怖じせぬな」

見たままの言葉を口に出した。

「うむ。あまり泣かぬ」

キリも、無表情に答えた。傍目には、薄情な父母に見える会話であった。

信十郎は、あやす必要もない子をあやしながら、そんな言葉を口にした。

「『泣く子は育つ』と言うが、どうであろうな」

大声で泣きわめく元気のある赤ん坊は育つ。泣く元気もない子供は、幼くして病に倒れる。死んでしまう。生まれた子が七歳まで成長できる確率が五割、さらに十四歳まで成長できる確率が五割の時代だ。しかも信十郎とキリの子である。成長しても、常に命の危険にさらされつづけるであろう。

表店のほうから、慌ただしい気配が伝わってくる。服部庄左衛門の太物屋に勤める者たちは忍びだ。秀忠の身辺を警護するため、京まで供をするのである。もちろん、忍びらしく、姿を隠しての陰供《かげとも》だ。その準備のため、店全体が気忙《きぜわ》しいことになっている。

キリは舌打ちした。

「昨今の忍びは、すっかり格が落ちた」

出陣するからといって、それとわかる準備の気配を響かせるとは何事か、という話である。戦国の世の忍びであれば、旅立つ寸前まで何食わぬ様子を装い、いつの間にか、神隠しのように、姿を消したものであった。

「オレは行かぬでもいいのか」

キリは信十郎に訊ねた。

信十郎は、答えた。

「キリはもう、母親だ。次代の忍びを育てることが役目であろう」

「ふん。つまらぬな」

などと悪態をつきながらも、昔のようには駄々はこねなくなってきた。やはり、母親としての自覚が自然と身についてきたのであろう。

信十郎はキリの体つきを眺めた。乳は張り、腰つきもドッシリと重たそうだ。もはや娘ではない。かつてのような軽やかな体捌《たいさば》きは期待できそうにもない。

「俺の子を頼む」

信十郎は稗丸をキリに渡すと、金剛盛高を片手に立ち上がった。

「任せておけ、と言いたいところだが、子育てには自信がないぞ」

キリは、珍しく諧謔《かいぎゃく》を飛ばした。

信十郎は笑顔を残して、スルリと戸を抜けた。

戸外には服部庄左衛門が待っていた。

「御出立ですか。帰って来たばかりだというのに慌ただしい」

信十郎は苦笑した。

「庄左衛門殿まで何を仰る。それが忍びの定めでしょう」

庄左衛門は頭を掻いた。

「いや、まったく。……しかしもう、手前はただの太物屋でございますよ」

店の前の東海道を上洛の武者行列が進んでいく。それを見やりながら、庄左衛門はつづけた。

「お城に上がった伊賀組同心たちも、忍びでありつづけるより、侍として徳川家に仕えたいという意向のようでしてな。特に、戦国の世を知らぬ若者たちは皆、そう考えておるようです」

「結構な話ではないですか。人として生まれてきた者が、忍びのような過酷な生き様を送ることなく、名誉ある侍として生きて行けるというのであれば、なによりのことです」

「そうでしょうかね。いや、そうなのでしょうね」

庄左衛門は、すこしだけ、悲しそうな顔をした。信十郎は庄左衛門を見つめた。最初に江戸にやってきたとき、街道で出会ったときにはまだ、精気漲る壮年であった。しかし今の庄左衛門は、鬢のあたりに白髪がいっぱいの、老年にさしかかろうとしている。

「ところで、信十郎様。若君をいかが御覧なされた」

「若君？」

稗丸をそんなふうに呼ばれると、なにやら困ってしまうが、しかし、キリは服部宗家の姫。その子であれば、服部一門にとってはたしかに若君なのであろう。信十郎の一存で「若君などとは呼ばないでくれ」とは言えない。

信十郎は、稗丸のことを思い浮かべて、ちょっと困惑顔をした。

「……なにやら、不思議な生き物です。我が子とは、不思議なものです」

正直な感想を洩らすと、庄左衛門は、軽やかに笑った。

「左様ですか。かの信長公は第一子に『奇妙』という名をお付けになられた」

信十郎は「同感だ」と言わんばかりに頷いた。

「たしかに奇妙です」

「家康公も、こう言ってはなんだが、生まれた子をどう扱ってよいものやら、よく御理解なされていらっしゃらなかったようですな。長子の信康《のぶやす》君には辛く当たられ、生まれてきた子は次から次へと、家臣に養子に出されてしまった」

「左様でしたか」

庄左衛門はニカッと笑った。

「世の中を動かす英雄人傑は、おのれの家庭のことなどには、興味を示されないのかもしれませぬな。フフフ、信十郎君も英雄の気質がおありなのでしょう」

庄左衛門は信十郎を褒めるつもりで言ったのかもしれないが、その言葉は、信十郎の胸を深々と刺した。

「……わたしは、世を動かしたくなどありませんよ」

火鬼の言葉が脳裏に蘇った。道々外生人たちは徳川の世を快く思わず、豊家の遺児である信十郎が国家転覆に立ち上がることに期待をしている。

「英雄の気質など、わたしには必要のないものです」

信十郎はフラリと門を出た。旅の用意などまったくしていない。ちょっと近所へ用足しに出た、みたいな姿であったが、その足で京へ向かって歩きはじめた。

頭巾を被って、荷物を背負った鬼蜘蛛が追いついてきた。かつては芸人や山伏に扮していたが、今では商人に変装している。世の中が平和になったおかげで、行商人が街道を大勢行き来するようになった。芸人姿や山伏姿で旅をするより怪しまれずにすむのである。

「ご苦労だな。今回は外してくれてもよいのだぞ」

明国から帰ったばかりなのに、またすぐに家族と離ればなれだ。信十郎と違って鬼蜘蛛は子煩悩である。我が子との別れは辛いに違いない。

「何を言うやら。わしは信十郎の護り忍びやで」

不服そうに下唇を突き出した。その顔を見て信十郎も、心の憂さが晴れる思いがした。

「やはり、友はよいな」

「なにを今更。気色悪いこと抜かしなさんな」

ますます不満そうな顔つきになった鬼蜘蛛が、ふと、顔を上げた。

「火鬼とかいう山忍びが使こぅた油やけどな、調べがついたで」

「なんだ」

「最上級の菜種油を火で煎じて、最初に立ちのぼった湯気だけを取って冷やして、油を作るのやそうや」

「ほう」

蒸留である。揮発性の高い油を精製する方法だ。

「臭水みたいに激しく燃える油が取れる。しかも、臭水とは違《ち》ごぅて臭ぁない」

「なるほど。異臭で察することは難しい、というわけか」

「そや。さすがは四鬼の名を継ぐ者や。厄介な相手やで」

まったくもって厄介なのだが、信十郎が感じる厄介さと、鬼蜘蛛が感じる厄介さとはすこし異なっているはずだ。

鬼蜘蛛が信十郎を見上げてきた。

「天海坊主の狙いは、なんなんやろうな」

「うむ。天海殿は斉藤福殿の後ろ楯、斉藤福殿は家光殿の御身大事で凝り固まっておる」

「ということは、火鬼は家光の護り忍びか。今回は味方のようやな」

「そうとも限らぬぞ」

「なんでや」

「今の徳川家は朝廷とも上手く行っている。昔のように、御所忍びが徳川家を狙うこともあるまい」

　ほかならぬ後水尾帝が、徳川和子を鍾愛《しょうあい》なされているのだ。家光も鷹司家から姫を迎えて、公家社会との融和を図っている。

「家光殿にとっての最大の敵は、弟の、忠長殿なのだ」

「はは〜ん。つまり、天海と山忍びどもは、忠長抹殺を謀っとる、ちゅうことか。なるほど、江戸城内とは違ごぅて、旅路は隙だらけや。忠長を殺す機会はなんぼでもあるで」

「そうだ。しかし、そうさせてはならぬ。秀忠公との約束がある」

「うむ。わしらは何度も、忠長の命を救ぅてきたからな。腐れ縁や。みすみす討たせるっちゅうわけにはいかんで」

「そういうことだな」

　兄弟相剋を無事に収めて、天下の安寧を永続ならしめること。

それが信十郎と秀忠の願いなのである。

五月二十八日、秀忠は江戸城を発して、上洛の首途《しゅと》についた。供揃いの先陣は伊達政宗。第二番が佐竹義宣《さたけよしのぶ》。関ヶ原合戦で家康に敵対し、秋田に転封を命じられた外様の雄である。第三番には上杉定勝《うえすぎさだかつ》（景勝《かげかつ》の子）。いずれ劣らぬ大藩だ。豊臣政権下では徳川家と同列だった者たちであった。

外様の大大名の後ろには、譜代の大名たちが延々と連なっている。まさに、天下を制覇した徳川家の威容を見せつける、一大イベントであったのだ。

六月五日、秀忠は駿府に到着、大雨を理由に数日間、この地に留まった。我が子忠長の統治の様子を精査したようである。

二十日、入京。多数の公卿が山科《やましな》で出迎え、乗物を降りて路上蹲踞《そんきょ》して迎えたという。

夕刻、二条城に入った。

翌二十一日、秀忠は二条城に摂家、親王、御門跡（出家した親王）の使者を迎えて機嫌よく、挨拶を交わした。徳川家による朝廷懐柔策は首尾よく運んで、かつてのような緊張感はみられない。

後水尾帝と徳川和子の仲はむつまじく、次代の帝となるであろう皇子も生まれた。このまま無事に成長し、皇位に就けば、秀忠は天皇の外祖父となる。

頑迷な朝廷人たちもようやく、この新しい主権者を認めようとしていたのである。

六

秀忠の朝廷工作が順調に推移しているように見えたこの日。

大御台のお江与の身に異変が起こった。徳川幕府の公式記録、徳川実紀《とくがわじっき》には、いたって簡素に『お悩みありし』とのみ、記されている。

深夜、お江与は息苦しさに目を覚ました。

頭の中で、何かがカチカチと鳴っている。それが煩《うるさ》くて、眠ることもできない。

(時計の音だ)

と、お江与は思った。

江戸城の時計ノ間には、オランダ国から献上された時計という機械が置いてある。

ヨーロッパ諸国は一日の時間を二十四等分にした定時制を用いている。一方の日本は、昼の長さを六等分する不定時制を用いていた。季節によって一刻の長さが変わるので、ヨーロッパの時計は役に立たないのであるが、日本には珍しい精密機械だし、数少ない友好国のオランダから贈られてきた献上品でもあるので、表御殿に専用の広間を設け、時計の番をする役人まで選任して、時計を動かしつづけていた。

一日じゅう、カチコチとせわしない音をたてて、時計は動きつづける。お江与も最初は物珍しく眺めていたが、時計など、眺めていて愉しいものではない。すぐに飽きてしまって、その後は二度と、時計ノ間には近づかなかった。

その時計の音が執拗に聞こえてくる。お江与は癇性である。気になりだしたが最後、気が高ぶってしまって眠れない。

（しかし、変だ）と、すぐに気づいた。

時計ノ間は表御殿にある。お江与の住み暮らす局《つぼね》は奥御殿だ。表と奥は、塀と長廊下で隔てられている。時計の音など聞こえてくるはずがないのだ。

では、この音はなんなのか。時計を奥御殿に運び込んだ者がいるのか。

お江与は、夜具を払って上体を起こした。

「これ、たれかおらぬか」

襖の向こうに声をかけたが、誰も答えない。これまた異常な事態である。大御台の寝所の隣室では、宿直《とのい》の侍女が一晩じゅう、寝ずの番をしているはずなのだ。

お江与はフラリと立ち上がった。鐶《かん》に手をかけて襖を開いた。

「な、なんじゃ、これは……」

畳にも、壁にも、血飛沫《しぶき》が飛び散っていた。襖や柱には矢が突き刺さり、障子は所々、火がついて燃え上がっていた。

白煙が吹き込んでくる。どこからともなく、人馬の響きが聞こえてきた。

「これは、なんとしたことぞ！」

ここは戦場か。何者かの軍勢が、江戸城に攻め寄せてきたとでもいうのか。

「あっ、これ、お須見《すみ》！」

お江与は、足元に一人の侍女が転がっているのに気づいた。腕を伸ばして抱き起こそうとして、ギョッとした。

なんとお須見は、左乳の下を懐剣で一突きして死んでいたのだ。武家の女の自害の作法である。

それでもお江与はお須見の身体を揺さぶりつづけた。お須見の首がグラグラと揺れる。口の端からスーッと血の筋が流れ落ちた。

「こと切れておる……」

お江与はお須見の身体を、そっと横たえさせた。

そのとき、「ワーッ」と喚声があがった。白煙はますます濃くなってくる。本丸奥御殿でこのありさまなのだ。おそらく、二ノ丸、三ノ丸は敵の手に落ちたのであろう。戦火の音はますます激しく、お江与に迫ってきた。

お江与は、江北の大名、浅井長政と、織田信長の妹、お市とのあいだに生まれた。生まれてすぐに父の城が信長に攻め落とされた。

母のお市は、お江与たち娘を連れて逃がれ、信長の重臣、柴田勝家《しばたかついえ》に再婚した。その柴田の居城、北庄《きたのしょう》城を攻め落としたのが秀吉であった。お江与はふたたび、落城の憂き目を見ることとなった。

そのときの記憶は、ほとんどない。なにしろ最初の落城は生まれたばかりの赤子だったし、二度目の落城のときも、物心つかぬ幼女であった。

しかし、それらの衝撃は、脳のどこかに焼きつけられていたようだ。落城の光景がふたたび、お江与の目の前に蘇ったのだ。

「自害を……、自害をせねば……」

落城に際して、敵兵に見苦しい姿を晒すことはできない。自分は信長の姪。秀吉の養女。二代将軍秀忠の妻で、三代将軍家光の母なのだ。後世に「天晴れ、武士の妻の鑑《かがみ》」と称賛されるような、見事な死に様を見せつけてやらねばならない。自尊心の固まりのような女、お江与は、そう考えた。

お江与は胸元をまさぐった。しかし、懐剣がない。考えてみれば当たり前の話で、自分は今まで寝ていたのだ。懐剣を抱いて寝るのは、いくら将軍の生母であっても危険にすぎる。懐剣は枕元に置いてあったはずだ。

お江与は懐剣を取りに戻ろうとした。

そのとき。

「お江与、お江与……」

どこからか、自分を呼ぶ声が聞こえてきた。お江与はハッとした。

「母様……？」

耳に懐かしい声だ。忘れるはずもない。母の、お市の声であった。

「母様！　どこにおわします」

お江与は、幼女の頃の自分に戻って走りだした。炎のくすぶりつづける襖を開けた。

「ああ……！　母様！」

母のお市がそこにいた。ここは北庄城の奥御殿だ。賤ヶ岳《しずがたけ》の合戦に敗れ、逃げ戻ってきた養父、柴田勝家を追って羽柴秀吉の軍勢がなだれ込んできた。火灯窓の障子越しに炎が揺らめいている。逃げまどう侍女の悲鳴も聞こえた。

「お江与や。もはや、これまでです」

お市が凛然と言い放った。抜き身の懐剣を握っている。

「母様！」

お江与は悟った。愛しい母は自害をなさろうとしている。

あのとき、お江与は幼かった。何もすることができずに侍女に抱きかかえられ、母と離ればなれにされて、秀吉の許に送り届けられた。

そしてお市は自害、焼け落ちる北庄城と運命を共にした。

しかし、今のお江与は昔のような幼女ではない。将軍家大御台。三代将軍家光の生母なのだ。なんの、これしきの軍勢、恐れることなどあるものか。そう自分に言い聞かせて、母の前に膝をついた。

「死ぬことはなりませぬ」

母のお市は、自害したときのままの若さと美しさだ。戦国一の美女と謳《うた》われた女である。三人の娘の母となろうとも、その美貌はいっこうに衰えていない。

一方のお江与は、はや五十三歳。この時代の人間は歳をとるのも早い。すでに老婆と言っても過言ではない姿である。どちらが母で、どちらが娘かわからない年格好だが、老婆となった娘は、若く美しいままの母にすがりついた。

「わたくしの許にまいられませ」

お江与は、懐剣を握る母の手を握りしめた。

自分の手元に招けば、安楽な暮らしを約束できる。大御台様のご生母様だ。贅沢三昧、なに不自由ない暮らしを保証できる。

しかし、お市は首を横に振った。

「なりませぬ。もはや我らには、死にゆくことしかできぬのです」

「そのようなことはございませぬ。わたくしには徳川の軍勢がついておりまするぞ。いかなる大軍が攻め寄せて来ようとも、小揺るぎもいたしませせぬ」

するとお市は、窶《やつ》れた美貌を、さらに狂おしげに、横に振った。

「それはどうでしょうか。あれを御覧」

お市がスッと、指を伸ばして奥の座敷を指差した。いつの間にか襖が開け放たれている。床ノ間の前に一人の鎧武者が座っていた。

(勝家殿……？　いや、違う)

北庄城が落城したとき、柴田勝家は六十に届こうかという年齢だった。しかし、そこに座った武者は、顔こそはっきりと見えないが、もっと若々しい体型だ。

まさか、と、お江与は思った。

「父上様?」

まだ赤子のときに死んだ実父、浅井長政。その人がそこに現われたのか。

その若武者が、顔をガックリと伏せたまま、肺腑から絞り出すような声音で呟いた。

「無念だ……」

お江与はフラフラと腰を上げると、その鎧武者に歩み寄ろうとした。そのとき、背後のお市が囁きかけてきた。

「お江与のせいで、こうなったのですよ」

なんのことかよくわからない。父が死んだとき、まだお江与は赤子だった。どうして父の死の責任が自分にあるというのか。

お江与は鎧武者に歩み寄る。しかし、歩いても歩いても、鎧武者には届かない。

鎧武者が、ふと、顔を上げてお江与を見た。お江与は悲鳴を張りあげた。

「忠長ッ!」

鎧兜のあちこちに矢を立てて、総身を血まみれにさせた忠長が、恨めしそうな目で、お江与を見つめた。

「母上、無念でござる。兄上の軍勢には、とうてい、敵いませなんだ」

「忠長ッ、なんということ」

お江与は、忠長の前に崩れるように膝をつき、その両手を取って握った。

忠長は、恨めしそうにお江与を見た。

「母上、それがしがこのような最期を迎えるのは、すべて、母上のせいなのですぞ」

背後に立ったお市も呟く。

「こうなったのは、すべて、お江与のせいじゃ」

屋敷の外から射かけられた火矢が柱や畳に突き刺さった。ゴウゴウと音をたてながら、天井の梁が崩れ落ちた。

「母上。おさらばでござる」

忠長が短刀を首筋に押し当てる。両目をカッと見開きながら、グイッと引いておのれの首を掻き切った。

「忠長ッ！」

忠長の死を見届けたお市がけたたましい声で高笑いした。驚いて見上げたお江与の目の前で、お市の顔が、斉藤福の顔に変貌していく。

お江与は絶叫した。

「母上！　母上！」

遠くで誰かが呼んでいる。

「母上！　母上！」

お江与の寝所、夜具に横たわって悶絶するお江与に、一人の美女が覆いかぶさり、大声で呼びかけていた。

「ぎゃあッ！」

突如目を覚ましたお江与が、両腕を突き出しながら上体を起こした。両目をカッと見開いて、さながら悪鬼の形相だ。

「忠長！　忠長！」

熊手のように開いた指を空中に伸ばし、つづいて我が胸のあたりを掻きむしった。

「母上様！　お気を確かに！」

お江与に抱きついたのは、二十代半ばの美女。面差しが若き日のお江与に——すなわちお市に生き写しだ。

お江与が、その姫君の顔を見た。両目から大粒の涙を流しはじめた。

「母上……！　お江与を許して……！」

姫君に抱きついて号泣する。幼女のように身も世もなく泣きじゃくった。

「お勝姫様……！」

お江与の異変に気づき、この姫を呼びに走った侍女のお須見が、困惑しきった顔つきで、姫君を見た。

姫君は決然とした顔つきで、お須見を見つめ返した。

「大御台様は悪い夢を御覧あそばしたのだ。けっして乱心などなされてはおられぬ。よいな？」

「ハハッ」

お須見を含めた侍女たちが、一斉に平伏した。

大御所秀忠と将軍家光が上洛せんとするこの時期は、徳川将軍家にとって、なにより大切な時。徳川家に仕える者であれば、下女の端々まで理解している。そのときに、大御台が乱心した——などという噂が広まるのはきわめてまずい。

御殿女中はおしゃべり好きではあるが、このときばかりは進退窮まった顔つきをした。口封じに殺されてしまうかもしれない、と予感したのだ。お江与の乱心はそれほどまでの重大事件なのである。

「この一件は、妾《わらわ》が預かる」

お勝姫、と呼ばれた姫君が決然と宣言した。侍女たちは、責任の所在がはっきりして助かった、と言わんばかりの顔つきで、ふたたび平伏した。

お江与は泣き崩れている。お勝姫は老いた母親の背中を抱いた。


この直後、江戸城奥御殿には厳戒体制が敷かれた。緊迫しきった状況が徳川実紀に延々と列挙されている。

お江与の乱心は隠そうとも隠しきれるものではなかったのだ。大御所と将軍が江戸を離れた今、この江戸城の主人は大御台である。その女城主が人事不省《じんじふせい》に陥ってしまったのだ。

大混乱に陥った江戸城奥御殿の秩序を回復すべく立ち上がったのは、越前宰相松平忠直《ただなお》の正室、お勝姫であったらしい。らしい——などと不確かな書き方しかできないのは、徳川実紀にも意味ありげな記述しか残されていないからだ。ところがしかし、いかにも意味ありげに、お勝姫の奇妙な行動が書き記されている。

お勝姫とは、炎上する北庄城から信十郎が救い出した、秀忠の娘のことだ。

お勝姫は江戸城奥御殿内にバリケードを構築し、何者かと戦っていた。

むろんのこと、いかに気丈な性格で、大御所秀忠の娘とはいえ、一介の貴婦人に対処できるような問題ではない。
お勝姫を支えていたのはキリであった。キリもお勝姫の越前脱出に力を貸している。
当然、二人は旧知の仲であった。

第四章　大井川

一

話はすこしばかり遡《さかのぼ》る――。

秀忠が入京したその日、家光と忠長の兄弟は、いまだ江戸を発してはいなかった。駿河五十五万石の領主、忠長は、江戸城北ノ丸から領国に指示を送っていた。忠長は駿河と遠江《とおとうみ》を領している。これは伊豆を除いた静岡県に相当する。現代でも、東海道新幹線が最も長い距離を走る県は静岡県だが、当時も、東海道を最も長く管轄しているのが駿河徳川家であった。

忠長は、こたびの上洛の是非は、おのれの才覚にかかっている、と信じていた。なにしろ副将軍を勝手に自任してしまっている男である。上洛にかける意気込みは、ただならぬものがあったのだ。

「なに。父上が駿府で立ち往生をなされた、だと？」

北ノ丸屋敷の表御殿で、下ノ間に控えた附家老の朝倉筑後守宣正《あさくらちくごのかみのぶまさ》を上段ノ間から引見し、忠長は怒声を張り上げた。

「なんという不始末！　あれほどまでに念を押して、道中に手抜かりのないようにと命じてあったのに！」

おのれの細密な手配りを大御所秀忠に、諸大名に、そして満天下に見せつけて、駿河に忠長あり、というところを知らしめようとしていたところであったのに。

「とんだ恥さらしではないか！」

朝倉宣正は恐れ入って平伏するよりほかにない。

「じ、時節柄、大雨で河川が増水し、大御所様は大事をとられて駿府にご逗留なされた由にございまする。言わば、天災でございますれば……」

実際には、雨を口実に駿府に留まり、我が子の統治ぶりを確かめていたのであるし、朝倉宣正も薄々とそれを察してはいたのであるが、そんな事実を忠長の耳に入れるわけにはいかない。「この俺は、父からそこまで軽んじられておったのか！　おのれ父め！」などと無駄な叛意など抱かれても困る。

「御上洛の御行列は、延々と街道に連なっておりまする。先駆けの諸大名がどこで足どめされたかはわからず、あながち、駿河家の手落ちというわけでもございませぬので……」

先に進んだ大名たちが、どこかの川で川留めをされたら、当然、後列の移動もとまってしまう。東海道は大河の連続する難所つづきだ。

しかし、忠長は聞いてはいない。天候すら、己の意志に逆らうことは許さない、とでも言いだしかねないところがある。

「わしの領内に限っては、どのような大雨や嵐が来ようとも、けっして川留めなどあってはならぬ！　宣正！　これより駿河、遠江に急使を発して、橋の手配りを厳重にいたすように命じよ！　金はいくらかかってもかまわぬ！　この忠長の面目がかかっておると思え！」

「ハハッ」

「これは戦だ！　しくじった者には容赦なく、切腹を申しつける！　このこと、皆に伝えておくがよい！」

言いだしたら利かない男だ。宣正はただただ平伏した。

もっとも、大御所と将軍の上洛に際して、駿河家が粉骨砕身するのは、けっして悪い話ではない。問題行動ばかりが多い忠長にしては、至って真っ当な命令である。別段、諫言《かんげん》せねばならないような話でもない。

「皆に、心するように伝えまする。街道の手配り、万事、この筑後守にお任せくださいませ。中納言様にはなにとぞ、お心を安んじられまするよう」

朝倉宣正は静かな口調で口上を述べた。

忠長は「うむ」とだけ答えた。


七月十二日、いよいよ家光が江戸を発った。秀忠に後れること四十四日。この間に街道筋では、秀忠の行列が踏み荒らした道を直し、橋を架け替え、宿場には大量の食料が運び込まれた。

家光の行列は、秀忠のそれとは異なり、譜代の小大名によって成り立っていた。先陣は水戸宰相松平頼房《まつだいらよりふさ》。のちの御三家・水戸徳川家だが、当時の水戸家は徳川姓を名乗ることすら許されていない。

御三家と言えば、尾張、紀伊、駿河の三家を指した時代の、格落ち扱いの水戸家である。

あとは推して知るべしで、秀忠の行列の、三分の一ほどの人数を従えていただけだったと言われている。

この行列の最後尾に、駿河中納言忠長が控えていた。副将軍気取りの忠長にとって、上洛の殿軍《しんがり》を任されたことは、名誉に感じられるものであったか、それともその正反対であったか、よくわからない。

ちなみにその日、尾張義直と紀伊頼宣は兄の秀忠に従って参内《さんだい》、後水尾帝の龍顔を拝し、天盃を賜っている。

雨が降っている。旧暦の七月中旬といえば、今の九月だ。そろそろ秋雨の始まろうかという季節であった。

信十郎と鬼蜘蛛は、篠突く雨をものともせずに走った。

二人は、秀忠の行列を守って、いったん入洛したが、今度は家光・忠長の兄弟を守るため、江戸に飛んで戻ってきたのである。

二人が使用したのは『山ノ道』だ。杣人《そまびと》や猟師、山師、山伏などが使用する険しい道だが、山歩きになれた者であれば、一直線に日本列島を縦断することができる。川留めなどくらう心配もない。街道しか移動できない武士には不可能にも思える速さで、江戸に戻ることができた。

十四日、街道上を、しかも晴れた日にしか移動できない家光の大行列は、藤沢に宿を取っていた。

宿場に泊まることができるのは、大名や大身旗本とその家臣たちだけである。徳川幕府を構成する家臣たちは、武士とはいえ、平和に慣れたお坊っちゃまたちに代替わりしている。冷たい雨の中、野営するのは身に堪えたことだろう。

信十郎と鬼蜘蛛は、太い木の股に座って、藤沢宿を遠望した。

「大事は起こっておらぬようだな」

騒擾《そうじょう》の気配も感じられないし、怪しい者の姿が見え隠れすることもない。

「ああ。世の中、平穏になったもんやで」

鬼蜘蛛は呑気に大あくびをした。

「前の上洛のときには、たった三年前やったが、生き死にの狭間を何度もくぐり抜けたもんやったがのぅ。なにやら眠たくなってきたわ」

平和なら平和で文句たらたらであるらしい。信十郎は苦笑した。

鬼蜘蛛は信十郎に訊ねた。

「京の秀忠のほうは、もう、ええのか」

「うむ。秀忠殿には喜多七大夫《きたななだゆう》殿と柳生宗矩《むねのり》殿がついておられる。尾張の義直殿に従って、柳生利厳《としよし》殿も入洛したようだ。まずは、大事あるまい」

「うむ。甲賀組頭領の山岡《やまおか》も走り回っとるようや。ま、わしらが目を離したところで、どうこうなるわけもないわな」

「それよりも家光殿……、いや、忠長殿の身が案じられる」

天海の思惑は、四鬼の一人、火鬼が暴露した。天海は忠長暗殺を諦めてはいない。

雨の中、笠を傾けて一人の男が走ってきた。信十郎たちが宿る木の根元で立ちどまり、ちょっと笠を掲げて見上げた。

「やぁ、やはりお前か」

人懐こい笑みを向けてくる。

鬼蜘蛛が呆れたような声をあげた。

「柳生の若大将やで」

「よくぞ我らを見つけたな」

熟達した忍びでもある二人が、樹上の葉陰で気息《きそく》を絶っていたのに発見された。柳生十兵衛《じゅうべえ》、しばらく見ぬ間にまた一段と高い剣の境地に達したらしい。

信十郎が木から降りようとすると、

「いや、俺がそっちへ行く」

十兵衛が木によじ登ってきた。

「おう、見晴らしがいいな」

性格のほうは、相も変わらず無軌道そのものであるようだ。雨に煙る藤沢宿など眺めて喜んでいる。鬼蜘蛛は不愉快そうな顔つきで下唇を突き出した。

「相変わらず呑気な若殿様やで。こんな所でフラフラ遊んどっていいのかいな」

柳生十兵衛は元・家光の小姓である。今回の上洛でも護衛の役を命じられているのに違いない。

「なぁに、いいのだ」

十兵衛は雨の中でも上機嫌だ。

「俺は、ほうぼうをフラフラと彷徨《さまよ》うことを命じられておるのだからな」

普通の者には意味不明な言葉であったろうが、信十郎と鬼蜘蛛はすぐに察した。信十郎は訊ねた。

「諸国に探りを入れているのか」

のちの公儀隠密、大名たちが徳川に仇なす策謀を巡らせていたりしないかどうか、諸国に潜入して確かめる役目だ。

十兵衛は、陰湿な役目に就いている者とは思いがたい、明るい笑顔で「そうだ」と答えた。

「こんな仕事は本来ならば忍びがやることだ。しかし、服部家があんなふうになっちまったからな。仕方なく、柳生が肩代わりをしておる、ということよ」

徳川忍軍の中核だった伊賀組の棟梁、服部半蔵家は、家康の意志で取り潰された。伊賀組を骨抜きにはしたものの、やはり、諸国を探る忍びの者は必要だ。そこで徳川が目をつけたのが、柳生の剣客たちであった。

秀忠と家光が柳生新陰流を学んだことにより、柳生家は実質的に天下の剣術指南役へと出世した。柳生の高弟たちは剣術指南役として諸大名に仕官した。それらの門弟たちは、柳生宗矩の命を受け仕官先の大名家の内情を探る密偵でもあったのである。

十兵衛も、剣術修行を口実にして、諸国をへ巡っている。柳生の門を叩いた大名やその家臣の屋敷に堂々と正門から乗り込んでいく。なにしろ十兵衛は将軍家光の小姓であった男だ。乗り込まれた大名家側としても痛し痒しの存在で、あわよくば家光との橋渡し役をしてもらえるかも、などと考えているので邪険にもできない。

こんな陽気で開けっ広げなスパイなど、古今東西、どこにも存在しなかったであろう。

「面白いことをやっているのだな」

信十郎は、半ば本心から、十兵衛の境遇を羨ましく感じたりもした。

「なに。餅は餅屋の謂《い》いもある。本物の忍びには敵《かな》わねぇよ。……ところで、キリ姉はどうしてる。元気か」

江戸の鉄砲洲で暮らしているのに、十兵衛の耳には届いていなかったようだ。伊賀組をあげて、キリの所在を隠しとおしているからである。

信十郎は、十兵衛に、キリが出産したことを告げるべきかどうか悩んだ。十兵衛にとってキリは憧れの女性であったらしい。衝撃を受けるか、喜ぶか、よくわからない。

信十郎が言いよどんでいると、信十郎の気持ちなどまったく推し量らない鬼蜘蛛が勝手に答えた。

「キリなら元気にしとるわい。産後の肥立ちも順調や」

「産後の肥立ち？」

十兵衛の隻眼がみるみるうちに険しくなった。

「それは、どういう意味だ！」

今にも鬼蜘蛛に嚙みつきそうな剣幕で迫る。

「な、なんや、知らんかったんかいな。キリは赤子を産んだんや」

「なんだと！」

十兵衛は鬼蜘蛛の衿を摑んでグイグイと締め上げた。

「誰の子だ！」

信十郎はスルリと身を翻《ひるがえ》して、木の枝を離れた。幹を伝って地面に降り立つ。面倒なことになるのは嫌なので、急いでその場を走って逃げた。

「信十郎ッ！」

背後で十兵衛の絶叫が聞こえた。

二

翌十五日、小田原城で怪事件が起こった。

この当時の小田原は徳川家の直轄領になっている。小田原城には江戸から派遣された城代と、勤番侍が詰めていた。

斉藤福の実子で、家光の小姓でもあった稲葉《いなば》丹後守《たんごのかみ》正勝《まさかつ》がこの日、小田原城に入城した。家光の先駆けである。万が一にも事件など起こらぬよう、稲葉正勝は小田原城内の隅々にまで目を光らせていた。

正勝は母の斉藤福とは似ても似つかぬ、謹厳実直で性根のまっすぐな男である。大名でありながら深夜にもかかわらず、自分の足で小田原城内を巡回した。

従う者は、腕に覚えの近臣二人だけである。もっとも、小田原城内には勤番侍の二千人ほどが駐屯している。門や櫓を固めているので、三人だけの夜回りでも、不安を感じることはまったくなかった。

この当時の小田原城は、いまだ、戦国時代そのままの造りであった。土塁の上に古色蒼然とした櫓が建てられている。塀や壁も白漆喰《しっくい》ではなく土壁で、風雨で壁が崩れないように木の板が張りめぐらせてあった。

戦国時代の小田原城は北条《ほうじょう》家（後北条家）の本城であった。北条家は関東の半分以上を領有した戦国大名で、小田原城の規模も版図に似合った広大なものであったが、しかし、さすがに時代後れの感は否めない。

城内は、一つ一つの郭が狭く、郭と郭を繋ぐ通路も曲がりくねっている。敵兵が城内に侵入したときに、容易に中心部に入り込むことのできないよう、迷路のような構造になっている。

戦国の城としてはそれでよかったのであろうが、太平の世の政庁としては最悪だ。ちょっと上司に相談したいと思ったときにも、細い道を上ったり降りたり、堀を渡ったりしなければならない。

稲葉正勝は、所々に焚かれた篝火を頼りにして、入り組んだ城内を進んだ。塀の狭間を覗いて堀の様子なども確認する。堀の底にも篝火や提灯が吊るされてあって、闇に紛れて曲者が侵入するのを防いでいた。

正勝が門をくぐろうとするたびに、勤番侍たちがすかさず槍を突きつけてきた。

「何者か！」

と、声高に誰何される。

槍を突きつけられても、正勝は腹を立てることはなかった。家光の旅路を護る番兵たちなのだ。これぐらいの緊張感をもって働くのが当然である。

太平の世となり、代替わりも進んだ。老人たちからは〝戦知らずの役立たず〟などと馬鹿にされている若者たちだが、なかなかどうして、見事な働きをみせているではないか。

「役目大儀。稲葉丹後守である」

槍がサッと引かれた。直立不動の姿勢で正勝を通した門番たちの顔つきは厳しく引き締まっている。正勝は十分に満足した。

丹念に郭を巡って、巡回をつづけ、そろそろ子《ね》の刻に達した頃かと思ったとき――。

稲葉正勝は、怪しい気配を察して、足をとめた。

「今、そこに、何者かがおらなんだか」

お供の近臣二人に尋ねる。

その者は正勝の目には、ボロボロの僧衣をまとった托鉢僧のように見えた。片方の袖が夜風に吹かれてたなびいていた。あるいは、隻腕の者なのかもしれない。

どうして城内に托鉢の者が、しかもこの夜更けに、と思って、目を向け直したときには、消えていた。

「今、そこに、僧がいたように思ったが」

「はい」

近臣二人も緊迫した面持ちで、腰の刀に手を伸ばしている。どうやら二人も、同じ人物を目撃していたようだ。

正勝は周囲を見回した。どうやらここは、二ノ丸の門前であるらしい。

亡霊であろうか、と正勝は思った。正勝は理知的な知能の持ち主だったが、霊魂の存在を信じていないわけではない。もちろん、臆病者でもない。

「霊魂であるのならばよいが……」

幽霊ではなく、生きている人間だとしたら大事《おおごと》だ。曲者が潜入したことになる。

「くまなく探せ」

正勝は近臣二人に命じた。

ここは城門であるから、当然番兵がいるはずだ。しかし、人の気配が感じられない。

「どうなったのだ」

まさか、曲者に討たれてしまったのか。

「殿！」

門に歩み寄った近臣が、何を見つけたのか、驚いた顔つきを向けてきた。

「どうした」

正勝は門扉に走った。

「殿、これを御覧ください」

なんと、門扉を支える柱の根元に、鎧姿の武士がグッタリと横たわっていたのだ。

傍らには槍が投げ捨ててある。この門を夜通し守る宿直《とのい》であろう。

「眠っております」

「なんだと」

たしかに、外傷は見当たらない。正勝は武士の肩を揺さぶった。

「これ、起きよ！」

しかし武士は唸るばかりで目も開けようとはしない。あげくには、正勝の手を煩そうに振り払って、さらには寝返りをうって正勝に背中を向けてしまった。

これは明らかに異常である。明日には家光が到着することを、小田原城の勤番侍たちが知らないわけがない。緊張で眠れないことはあっても、当直中に熟睡することなど考えにくい。

「眠り薬でも盛られたのか」

「先ほどの、隻腕の僧の仕業でしょうか？」

「鐘を鳴らせ！」

非常を知らせるための半鐘が、城内の至る所にある。この門の軒下にも吊るされていた。正勝に命じられた近臣は半鐘を連打した。

「なんだ、なんだ」と近くの郭や門で、番兵たちの騒ぎ立てる声がした。新たに篝火が燃やされて、城全体が明るく照らし出された。何が起こったのかを確かめようと、使番の者が走り寄ってきた。

「あっ、稲葉様！」

　使番が槍を片手に片膝をつく。

「賊が入った気配がある。見ろ！」

　正勝は足元に転がる武士を指差した。

「眠らされておる。ほかにも眠らされた者がおらぬか確かめよ！　その曲者が宿直の者を眠らせながら進んだのだとしたら、居眠りをしている者をたどっていけば、追い詰めることができるはずだ」

「はっ」と応えて使番が走り去った。

　城全体が誰何の声と、走り回る鎧武者の、草摺《くさずり》や武器の擦れる音に包まれた。この門にも、鉄砲に火縄を挟んだ鉄砲足軽の一組が、隊列を作って降りてきた。

「油断いたすな」

　正勝は組頭に声をかけて、本丸へと走った。城内のすべての情報を掌握するには本丸に戻る必要がある。

　複雑な通路で迷いそうになり、殺気だった番兵たちから何度も槍の穂先や鉄砲の筒先を突きつけられながら、ようやく本丸に戻ることができた。

結局、その夜はそれ以上の異常は発見されなかった。謎めいた曲者は、稲葉正勝に見咎められ、恐れをなして逃げたのだろう、ということになった。

哀れなのは当直中に眠らされてしまった勤番侍である。林五郎左衛門《はやしごろうざえもん》なにがしというこの男は、不覚の責任をとらされて伊豆大島に流されたという。

事件は十兵衛の口から信十郎に告げられた。

十兵衛は幕府内の機密を知りうる立場にある。「異変が起こったら信十郎に知らせるように」とキリから言いつけられていたらしく、この不気味な出来事を真っ正直に語って伝えてきた。

信十郎たちは街道脇の巨木の根元にいる。忍びでもある信十郎と鬼蜘蛛は野宿を苦にしないし、快適に夜を過ごせる術も身につけている。十兵衛も回国修行者気取りで旅をしている。夜露などものともしない体力の持ち主でもあった。

三人は巨木の影に身を潜めて語り合った。

「隻腕の僧だと？」

その話を聞いて、信十郎の脳裏に浮かび上がったのは、隠形鬼である。

「心当たりがあるのか」

十兵衛が好奇心旺盛な目つきで訊ねてきた。

信十郎は曖昧に頷いた。

「心当たりがないでもない。……しかし、もしその者だとしたら、徳川の敵ではないぞ」

「と言うと？」

「うむ。その者は、天海殿の配下の山法師だ」

「へぇー」

十兵衛はちょっと驚いて、それからすぐに、納得の顔つきになった。

どうして天海の配下の法師が、小田原城に忍び込むことができたのか、とは訊かない。十兵衛も、徳川家の内部に巣くった南朝系異能者たちの存在はよく知っている。姉とも慕うキリその人が、徳川に巣くった忍びなのだから当然だ。

「では、気にすることもないな。その山法師、御所様（家光）の行列を陰ながら護っていたのであろうよ」

天海は斉藤福と手を結んでいる。斉藤福は家光の乳母だ。天海が配下の者を使って、家光の護衛をするのは筋が通った話であった。

「千熊《せんくま》（稲葉正勝の幼名）にも知らせておいたほうがよさそうだ」

それから十兵衛は大あくびをした。

「安心したら眠くなった」

と言って、鬼蜘蛛が苦労して集めた苔の寝床の上に横たわる。

「あっ」と鬼蜘蛛が目を丸くさせた。しかし鬼蜘蛛が文句を言うより先に十兵衛は、高いびきをかきはじめた。

「なんちゅう図々しさや、この若大将！」

鬼蜘蛛が憤慨している。一方の信十郎は、腕をこまねいて考え込んでしまった。

(隠形鬼が、容易に姿を晒したりなどするものであろうか……)

忍びも人間であるから、歳をとれば技も鈍るし不覚もとる。しかし、隠形鬼は姿を隠すのが専門だ。老いたりとはいえ、大名とその近臣などに見つかってしまうものなのであろうか。

(やはり、故意に姿を晒したのだ……)

そうとしか考えられない。しかし、だとしたらいったいなにゆえ。

(何を企んでのことか)

信十郎は腕を組んで考えつづける。

横では十兵衛が高いびきをかいている。

異常事態が発生した報せは家光の許にも届けられた。十兵衛が惰眠を貪ってしまったせいで、隠形鬼の情報は稲葉正勝の許に届かなかったようである。家光は宿泊予定の小田原城を突っ切る形で箱根越えを強行した。

箱根の坂は険難である。小田原宿で十分に身体を休めたうえで挑むのが普通であるのに、家光の近習たちはろくろく休息する暇もなく駆け足で登攀せねばならなくなった。多くの近習が脱落する中、西沢清左衛門《にしざわせいざえもん》という老人が徒士《かち》で最後まで供奉《ぐぶ》して、家光より銀五枚と羽織を賜った、という。

十九日、無事に箱根越えを果たした家光は、久能山《くのうざん》東照社に詣でて、祖父家康の神霊に道中の無事の御礼を言上し、今後の守護を祈念した。

二十日は田中城に宿営。この間、駿遠の領主、忠長は、美膳を饗して家光と供奉の大名、旗本たちを歓待した。

忠長は有能な男である。気の利いた歓待ぶりに大名、旗本はいたく喜んで、忠長の名声は否が応にも高まった。

そんな中で一人だけ、面白くない顔をしている男がいる。弟の有能ぶりを見せつけられ、かつ、大名どもが弟を褒めそやす声に包まれている家光だ。

雨に祟られて宿舎に閉じ込められたり、かと思えば今度は一転、強行軍を強いられたりして、家光は心身ともに疲労している。そのうえさらに、弟の活躍まで見せつけられ、苛立ちは頂点に達しようとしていた。

二十一日。家光主従は大井川に達した。ここで、現代の日本人の頭までをも未《いま》だに惑わせることになる、一つの事件が勃発した。

大井川は川幅が十二町（千三百メートル）もある。

この時代の日本の土木技術では、橋を架けることなど不可能な大河だ。では、どうするのか、といえば、仮設の橋を設営する。

川底に一列に杭を何十本も打ち込んで、その杭に一艘ずつ小舟を繋留する。小舟同士を鎖でつないで舟の動揺を押さえる。そして最後に、舟の上に板を渡して橋にするのだ。

これを船橋といって、日光街道の栗橋の渡しなどでも、将軍お成りの際には毎回設営された。当時としては一般的な架橋技術であった。

さて二十一日、家光一行は、問題の大井川にさしかかった。島田の宿を抜けて、自然堤防の河岸段丘を乗り越えた一行が目にしたものは、それはそれは見事な船橋の威容であった。

「おお、これは！」

供揃えの譜代大名たちが賛嘆の声をはばかりなくあげた。大井川の此岸から彼岸まで、真っ直ぐに、船橋が伸びている。

大井川ほどもの大河に船橋を造るとなると、まず、舟の数を揃えるだけでも難事である。それなのに忠長は、なんと、舟の大きさまで揃えていたのだ。

川で生活する者たち、漁師や河川流通の商人たちから借り集めれば、それなりに舟の数は揃うかもしれない。しかし、それらの舟は、使う用途によって大きさも、船縁の高さも異なる。

大きさの異なる舟を横一列に並べれば、上に渡した板は昇り坂になったり、下り坂になったりする。大きな舟は揺れないが、小さな舟は激しく揺れるので船橋全体が小刻みに波うつ。渡りがたいことこのうえもない。船橋を馬で渡りきっただけで、馬術の達人だと褒めそやされるほどだ。それほど使いづらいのが、船橋であった。

しかし、忠長は、この日のために同じ大きさの舟を新たに作らせてあった。船縁も同じ高さ、舟の幅も同じで水の抵抗も等しく受けるので、橋が動揺することもない。

家光に先立って、大名たちとその行列が渡っていく。実際に渡ってみて、尚更にこの船橋の素晴らしさが実感できた。

「まるで地を行くがごとし」

大名たちは最上級の褒め言葉を使って称賛した。

これがほかの大名の手柄であったならば、家光の御前であるから、手放しでは称賛しなかったであろうが、忠長は家光の実弟、大御所秀忠の実子である。いまだ子に恵まれぬ家光であるから、忠長は将軍継承権順位の第一位にある。どれだけ褒めても問題はあるまい、と、その場の誰もが信じていた。

さながら称賛の競争だ。譜代大名たちは言葉を尽くして、より大仰に大げさに、忠長の手腕を褒めたたえた。

忠長は得意の絶頂である。この一時だけ上洛行の主役は、家光ではなく、忠長のものであった。

一人、家光だけが顔色をなくしている。血の気の引いた肌の色は白蠟のよう。そればかりか紫色に変色した唇を震わせ、額には冷や汗まで滲ませていた。

譜代大名たちの称賛の声は、家光のトラウマを逆撫でしてしまったのである。

家光は、二代将軍秀忠の長子でありながら、常に、弟の忠長に、将軍家世継ぎの座を脅かされつづけた男である。

まず第一に、母のお江与が忠長ばかりを可愛がっていた。そして恐妻家である秀忠も、本心は別にして、お江与の前では、その意を汲むかのような顔と態度を現わしていた。

お江与はいつでも忠長の座敷に足を向ける。秀忠もつられて忠長の許に赴く。となれば、将軍家の取り巻きの大名たちも忠長の許に集まる。余計な詮索も働かせる。「どうやら次の将軍は忠長様らしいぞ」などという話になって、いよいよ忠長の周辺に人が集まり、その一方で家光の御座所は閑散とした。

それでも家光のほうが知能が優秀であるとか、武芸が達者であるとか、容貌が優れているとか、何かしら取り柄があれば救われるのだが、家光は、人がよい以外はなんの取り柄もない男である。否、現代に残された遺品や、事績などから察するに、常人よりは、すべてにわたって優れた人物だったようにも思えるのだが、それでも忠長の天才ぶりには敵《かな》わなかった。

人がよいという美点も、裏を返せば気弱に繋がる。家光の幼少期、青年期は、弟に対するコンプレックスの一色に塗りつぶされていたのだ。

忠長に対する称賛の声が潮騒のように、大井川の川面に満ちている。家光にとってはその声が、自分を押しつぶす山津波の轟音のように聞こえた。

（何も、なにも変わっておらぬ……！）

家光は呻いた。

父母に愛され、大名たちに常に取り囲まれていた忠長だったが、最終的には三代将軍の座は自分の手中に収まった。

これで世間の見方も変わった。忠長は負け犬となり、天下の主人公はこの家光になったのだ、と、大名たちも民草も、皆、納得したのだと思っていた。

その証拠に、将軍となった際、大名たちの前で「我こそは生まれながらの将軍である」と叫んだのだが、「いいえ違います。忠長様がいらっしゃいます」と答えた者は一人もいなかった。

自分は将軍なのだ。生まれたときからずっと将軍だったのだ、という家光の絶叫は、外様の大名たちへの徳川家の勝利宣言などではなかった。忠長に対する家光の、個人的な勝利宣言だったのである。

（それなのに……）

今またこうして、忠長を褒めそやす声が地に満ちている。その声は家光の耳には、「忠長様のほうが将軍に相応しい」「生まれながらの将軍は忠長様のほうだ」と言っているように聞こえた。

家光は息苦しさを覚えた。うまく呼吸ができない。心臓が病的に脈打っている。大名、旗本たちが群れを成して襲いかかってくるような気がする。家光を将軍の座から引きずり下ろそうとして、長く尖った爪を生やした手が無数に伸びてくる。そんな幻覚を家光は見た。

「……やめよ！」

家光は叫んだ。

片手で乗物の引き戸を開け、屋根と屋根覆いを撥ね上げた。

「やめるのだ！」

家光は転がるように、外へ出た。

「忠長ッ！」

悪鬼のような表情で、目を血走らせ歯嚙みして、弟を怒鳴りつけた。

いったい、何事が起こったのか、と、その場の全員が目を丸くさせて驚いた。いうまでもなく、忠長も驚いてしまった一人である。

皆が呆然として棒立ちになっている中で、家光だけがせかせかと小走りにやってきた。慌ててあとを追ってきた小姓に向かって、「忠長を呼べィ！」と絶叫した。

小姓の取次ぎなど待つまでもない。駿河家の行列は後方だが忠長本人は家光の乗物の近くに侍っていた。馬を降りると家光を迎えて腰をかがめた。

忠長が口を開く前に、家光の罵声が降ってきた。

「忠長ッ、おのれは、このありさまをなんと心得おるぞッ！」

その場のすべての者たちが、またしても、目を丸くさせ、言葉をなくして、家光の激怒ぶりを見つめた。

いきなり、水を打ったように静かになった本陣であるが、家光の罵声もそう遠くへは届かない。大井川の岸辺では、なおも、忠長を称賛する声が轟いている。

その川面の船橋を、家光はビュッと指差した。

「忠長ッ、貴様は、この大井川をなんと心得る！　この川こそ、関東鎮護第一の要地、箱根の険を城壁とすれば大井川こそ関東の外堀ぞ！　その川に橋を架けるとは何事ッ、貴様は東照神君様の御遺訓を、ないがしろにするつもりかッ！」

全員がびっくり仰天した。

忠長も、近仕の譜代大名たちも、水戸の頼房も、啞然呆然として言葉もない。

家光は狂ったように叫びつづける。

「そもそも東照神君様が駿府に隠居地を定めたもうたのも、この大井川を堀に見立て、豊臣家やそれに与《くみ》する西国大名どもの侵攻を食い止めようとお考えなされたがゆえじゃ！　その東照神君様のお心をも踏みにじり、このような、西国大名どもの侵攻を助けるがごとき橋を架けるとは何事かッ！」

大井川が江戸を防衛する外堀――などという話は、その場のすべての者たちが、初めて耳にした理屈であった。家康がそのような遺訓を残していたのなら、年寄（老中）や大番頭《おおばんがしら》の誰か一人ぐらいは、聞かされているはずである。

そんな話は誰も知らない。だからこそ忠長は大井川に橋を架けたし、秀忠も、秀忠のお供をする土井利勝たちも、何も問題とせずにこの橋を渡ったのだ。

しかし、家光は将軍である。将軍が「けしからん」と言っている。それだけでも畏れ多いのに、けしからん理由が『東照神君様の遺訓違反』だ。こうなっては誰も反論できない。

忠長は面を伏せた。顔面の色がみるみるうちに蒼白になる。怒りも度を越すと、血の気が昇るよりも血の気が引いてしまうものらしい。

（言い掛かりだ！）

まさに言い掛かりである。

そもそも駿遠の一帯は、元亀《げんき》天正《てんしょう》のみぎり、徳川と武田とのあいだで激戦が繰り広げられた地域である（西暦一五六八年頃から、一五八二年の武田家滅亡時までの期間）。

当時精強だった武田家は、何度も大井川を渡って徳川領に攻め込んできたし、徳川家も何度も大井川を渡って反撃した。攻めるにも守るにも、なんの障害たりえなかったことは、徳川家の歴史が証明している。

その後も徳川軍は、関ヶ原に向かって進軍したたし、大坂に向かっても進軍した。その際も、大井川が難所で苦労した、などという話はまったくない。

そもそも普段の大井川は、人足が徒歩で渡れるほどの深さしかない。人足が歩いて渡れる川を、騎馬武者や兵士が渡れぬ、などという道理があるはずがない。

たしかに、橋を敵に奪われた場合、敵の進軍速度は上がるだろう。しかし、船橋などというもの、敵が来たら、船をつなぐ鎖を外してしまえばすぐに流されていってしまう。

本能寺ノ変の際には、京の出口の瀬田ノ唐橋《せたのからはし》が焼き払われた。そのせいで明智軍は大変に難渋したのであるが、橋など、壊す気になれば半日もかからず破壊し尽くすことができるのである。

平時の、しかも将軍上洛の際にだけ、橋を架けることが、どうして利敵行為となるのであろうか。

こんな馬鹿馬鹿しい妄言は、おそらく、家光の口からしか、出てこないに違いない。

馬鹿馬鹿しくて物も言えない。おそらくその場の全員が、そう思ったであろう。しかし、その馬鹿馬鹿しい話を持ち出したのが将軍であれば、妄言も真理になってしまうのだ。

なんと、このときの家光の妄言が元になって、大井川は、徳川幕府の終焉の瞬間まで、橋を架けることも、渡し船を使うことも禁じられてしまったのである。

そして今日の歴史教科書にまで、『大井川には江戸の防衛のために橋が架けられませんでした』などという妄言が載っているのだ。

この一事を以て、家光という政治家の値打ちは、相当に暴落したと思われる。

　忠長はカッと両目を見開いた。両目に宿った光は、さながら獣の眼光のように鋭い。若き日の信長に似た容貌が引きつっている。馬上鞭を握りしめた拳が痙攣した。

　そのとき、咄嗟《とっさ》に朝倉宣正が身を投げ出して、家光に詫びを入れなかったなら、忠長は、この鞭で家光を打擲《ちょうちゃく》していたに違いない。

「この宣正の手落ちにございまする！」

　朝倉宣正は大地に全身を投げ出すようにして平伏し、地べたに額を擦りつけた。

「この宣正の心得違いによりまして、上様のお叱りを賜り、また、東照神君様のご意向をないがしろにいたしましたこと、お詫びの申し上げようもございませぬ！　宣正、万死に値いたしまする！　なにとぞ、ご存分にご成敗を！」

　附家老として、一身に責めを負い、おのれの命を投げ出すことでしか、忠長と家光の決裂を回避する方法はない。朝倉宣正は元はといえば、戦国大名、朝倉家の落ち武者である。彼もまた戦国の世の無残を身に沁みて理解している。

　今、ここでこの兄弟が喧嘩を始めたなら、間違いなく戦国の世に逆戻りする。

（そうさせてはならぬ！）

　落ち武者の自分が、家康公の御恩を賜って忠長様の附家老にまで出世した。ほんとうなら、朝倉家滅亡のときに死んでいたはずの命だ。

家康の恩義に報いるため、家康がつくりあげた徳川の世を永続ならしめるため、我が命を捨てることなど、一向に問題としない朝倉宣正なのである。

家光のお側にいた譜代大名の誰かが、ボソボソと呟いた。

「朝倉宣正は所詮、朝倉家の落ち武者。徳川家の軍規の心得など持たぬのであろう」

家光と忠長の体面を取り繕うための言葉であろうが、宣正の身には辛く沁みた。

しかし、この場は宣正が道化役となり、愚か者よ、しょせんは落ち武者よ、と馬鹿にされることで、家光と忠長が、そして天下が救われるのだ。宣正は、歯を食いしばって屈辱に耐えた。

家光も、怒りに任せて口からでまかせを並べ立ててしまったが、冷静になってみれば、それが失言であることに気づかぬほどの愚人ではない。

忠長にも、宣正にも、言葉をかけずに踵《きびす》を返して、自分の乗物に戻っていった。

近仕の大名や大身旗本たちも、すっかり白けきった顔つきで列に戻る。あれほど苛烈な悪罵を浴びせたにもかかわらず家光は、船橋を悠々と渡って行った。

忠長と、宣正の主従だけが残された。宣正はまだ、土の上に両膝をついたままだ。

「宣正」

忠長が静かな口調で呟いた。

「我が領内の橋は、すべて取り壊せ」

そう言い残して踵を返して、自分の行列に戻って行った。


それからというもの、家光の行列は、忠長の領内を抜けるまで、川に差しかかるたびにきつい難儀を強いられた。

忠長の命令は正しく実行され、すべての橋が取り壊されていたのである。

大名も、旗本も、騎馬や徒士渡しで川を渡らねばならなかった。当然、行列は停滞し、街道の至る所で大渋滞が起こった。

下半身ずぶ濡れという不快を味合わされた者たちの、怨嗟の声があちこちから聞こえてくる。

家光という男は、卑屈な育ち方をしてしまったせいで、自分に対して向けられる侮蔑や、憎しみの感情には敏感である。行列の者全員が、自分を恨んでいるような、そんな妄想まで湧かせたりした。

（おのれ、忠長め！）

家光は、自責の念や劣等感を、すべて、忠長への怒りにすり替えさせた。

(このわしへの面当てがましく、橋など壊しおって!)

叱られたのなら、黙って叱られていればいい。それなのに、こんな面当てがましい行動に出るなど、まさに不遜、将軍の権威を軽んじる、反逆にも等しい暴挙ではないか。

「おのれ忠長! 断じて許せぬ!」

家光は、抑えの利かない怒りの炎を燃え上がらせた。


八月二日。家光入洛。供の者たちは、大名から足軽に至るまで、旅装から晴れ着に着替えて、麗々しく京に乗り込んだ。

当然のこと、このときも大勢の公家たちが山科まで出迎えに行っている。そればかりか、京大坂の庶民がこぞって見物に出て、二条城に至るまでの沿道に、鈴なりになっていたという。

三

大御所秀忠と、将軍家光のいなくなった江戸は、さながら、家康入府以前の寒村に戻ったかのような静けさであった。

江戸には大勢の武士が暮らしているが、彼らのほとんども、お供で京に向かってしまった。江戸の町人たちは、武士の生活を支えるために集まった職工と商人たちで、武士がいなくなってしまうと、仕事がまったくなくなってしまう。

これはこの時代に限ったことではない。幕末にも同じことが起こった。将軍が京と大坂に拠点を移し、参勤交代も廃止された。途端に、江戸の経済は破綻した。

江戸時代中期以降の経済は、町人が実力支配していた――ということに歴史書ではなっているはずなのだが、武士がいなくなった江戸の経済は、町人の力だけではまったく、支えられなかったのである。

貨幣経済の発達した幕末でもそうだったのだから、この時代の江戸は尚更だ。まるで廃墟の町である。仕事にあぶれた男たちが、昼間から酒を飲んだり、喧嘩口論に明け暮れたりしていた。

服部庄左衛門が営む太物屋『渥美屋』も、客足がぱったりと途絶えたので開店休業状態だ。もっともこの店の者たちは皆、本業の忍びに戻って京に向かってしまったので、客が減ったことは、むしろ好都合と言えないこともない。

キリもほとんど何もすることもなく、日がな一日、我が子の稗丸をあやしている。退屈しのぎに手裏剣などを投げたりしていたが、稗丸は、母親の手裏剣技に、さしたる興味を示した様子もなかった。

そんなある日の午後、服部庄左衛門が困惑顔をぶら下げて、キリの暮らす離れ座敷にやってきた。

「どうしたのだ」

庄左衛門から声をかけられるより先に、キリのほうから声をかけた。庄左衛門の足音は、一町（約百九メートル）も先から察していたのだ。

「悩みを抱えておるようだな」

足どりから庄左衛門の内心まで見抜いている。

庄左衛門は恐縮しきった態で、座敷に入ってきた。

「キリ様には敵いませせぬな」

「当たり前だ。オレを誰だと思っている。お前がオレに勝てるようなら、お前が半蔵の名を継ぐがよい」

相も変わらずの毒舌だ。母親になって、女らしい表情を時には見せるようになっていたが、人格はほとんど変化していないようだ。

「それを聞いて安堵いたしました」

庄左衛門がおかしな挨拶をよこしたので、キリはすこしだけ、訝しげな顔をした。畳の上を這っていた稗丸を抱き寄せて、膝の上に座らせた。

「若君様には、ご機嫌麗しゅう」

庄左衛門が平伏する。大仰な態度に、キリが呆れた。

「若君様などというガラか」

「故太閤殿下の、御嫡孫様にございますれば」

キリは、すこしだけ、難儀な顔をした。

「哀れな星の下に生まれた子よ」

フンと鼻を一つ鳴らして、庄左衛門を見つめなおした。

「して、何用だ」

「はっ、奥方様におかれましては、越前宰相松平忠直様の御正室、お勝姫さまをご記憶でございましょうか」

「お勝？　ああ、あいつか」

キリは、大御所秀忠の娘、将軍家光の姉をつかまえて、あいつ呼ばわりをした。

「あの姫がどうかしたのか」

「はっ、お勝姫様におかれましては、信十郎さまをお探しの由、伺っておりますゆえ」

「お勝が信十郎を探しているだと？　見つけ出してどうするつもりだ」

お勝姫は信十郎に、淡い恋心を抱いていた。キリとしては面白くない話であったのだが、もはや『勝負あった』である。キリは信十郎の子の母親となった。今さら焼き餅を焼く相手ではない。

「大御台様、御不興の噂が流れておりまする」

「御不興？　病か」

貴人に対しては、病という言葉を使うことを遠慮して、さまざまな言葉に言い換える。

「有体《ありてい》に申せば、左様、ご病気にございまする」

「大御台はいま幾つだ？　五十をとっくに超えていよう。人間、その歳になれば、病の一つ二つ、出るのが当たり前であろう」

「それが、ただのご病気とは……」

庄左衛門は言葉を濁らせた。

「大御台の病と、お勝が信十郎を探していることには関わりがあるのか。つまりはお勝は、信十郎の助けを求めている、ということか」

「いかにも、左様にございまする」

フン、とキリは鼻を鳴らした。お勝姫とは浅からぬ因縁、助力を惜しむものではないのだが、

「肝心の信十郎は家光、忠長の供をいたしておる。どうにもなるまい」

「左様にございますから、こうしてキリ様をお訪ね申しあげた、という次第で」

「何が『訪ねた』だ。ここはお前の店であろう」

「お勝姫様は、キリ様のお顔も見覚えでございまする。また、お勝姫様が只今お暮らしになっているのは江戸城の御裏方。挨拶にまかり越すのなら、女人のほうが好都合という話なので」

「なにやらわからぬが……。どうやらオレを使おうという魂胆のようだな」

「使おうなどとは、畏れ多い」

「構わぬ。ちょうど暇を持て余していたところだ。ミヨシも連れてまいるが、よいな」

「むろんのこと、御配下の人選はお任せいたしまする」

キリは抱いていた赤子を庄左衛門の膝に押しつけた。

「オレが戻ってくるまで抱いておれ。むつきを替えるのを忘れるなよ」

「あ……」

二歳児を押しつけられ、動揺した庄左衛門が顔を上げたときにはもう、キリの姿は座敷内から消えていた。

稗丸は何も知らぬ顔つきで微笑んでいる。

四

その日。ミヨシを従えたキリは、何事もない顔つきで、江戸城本丸奥御殿へ向かった。

本丸奥御殿はのちに、大奥と呼び習わされる場所である。その大奥の制度と体制は、お江与の死後に、斉藤福（春日局）によって整えられた。それ以前の江戸城奥御殿がどのような形態であったのかは、記録もないのでよくわからない。

しかし、おそらく、大坂城の奥御殿と同じような体裁で、同じような規範の許に運営されていたのではあるまいか、と思われる。

いずれにしても、当時のどこの大名家でも、奥御殿は男子禁制の場所である。

奥御殿の庭木の手入れをしていた植木職人が、たまたまそこを通りかかった細川忠《ほそかわただ》興《おき》夫人、ガラシャを、チラリと一瞥した――というので激怒した忠興が、植木職人を手討ちにした、という逸話がある。そこまで極端ではなかろうが、いずれにしても、男がやすやすと入り込むことのできる場所ではなかった。

奥御殿は高い塀で囲まれているが、御錠口《ごじょうぐち》という、入り口部分だけは大きく間口をとってある。奥御殿で生活する貴婦人たちと、その侍女たちの生活物資や食料を運び込まねばならないからだ。

御錠口には、呉服屋や小間物屋、菓子屋なども足繁く通って、豪華な着物や宝飾品、美味な菓子などを売りに来る。貴婦人たちもたまには御錠口まで足を運んで、商人たちが持ち込んだ売り物を手に取ったり、彼らから市井《しせい》の噂話などを聞いて楽しんだりもした。

キリは、太物屋の女主という触れ込みで、御錠口に訪《おとな》いを入れた。太物とは木綿の反物や、それで仕立てた着物をいう。木綿の糸は絹の糸より太いので、綿製品を総称して、太物、と呼んでいた。

服部庄左衛門は伊賀の忍びの頭目として抜け目なく、江戸城奥御殿の貴婦人たちにも取り入っていた。江戸城奥御殿に繋ぎをつけておけば、徳川家の裏事情はおおよそのところ、知ることができるのだ。

「渥美屋にございます。お勝姫様よりご依頼を承った品を持って参じました」

御錠口番の侍女に向かってキリは丁寧に挨拶し、さらに如才なく、小銭まで握らせた。いつもながらの無表情ではあるが、そこは忍びであるから、変装術はお手の物だ。商家の女主になりきっている。

「左様か。暫し待て」

侍女は傲岸に言い放って、いったん奥へ引っ込んだ。

奥御殿（大奥）の侍女はこの時代、身元の確かな旗本や御家人の子女しか入ることができない。のちの時代になると、町人の娘も大勢雇い入れられることになるのだが、なにしろまだこの頃の日本国には戦国の余韻が残っている。

江戸城奥御殿は広い。キリはしばらく待たされた。侍女は怠けているわけではないが、奥御殿の廊下を走るわけにはいかない。お勝姫の長局まで行って、お勝姫の意向を確かめ、御錠口まで戻るのに、かなりの時間を要するのである。

ようやく、侍女が戻ってきた。

「そなた、名はなんと申す」

侍女が切り口上に訊ねてきた。キリは折り目正しく腰を折って答えた。

「キリ、と申します」

侍女は仏頂面で頷いた。

「会う、と仰せられておわす。ついてまいれ」

侍女の許しを得て、キリは江戸城奥御殿に昇殿した。反物を抱えたミヨシがあとにつづいた。


この時代の武家の建物は、けばけばしい安土桃山様式である。日光東照宮の建物を連想すればよい。

現在の日本で、安土桃山の様式を残している建物は少ない。キリが今、歩いている江戸城も、明暦《めいれき》の大火で焼亡した。日光に負けないほどの豪華さを誇った寛永寺は、幕末の上野戦争で焼亡し、芝の増上寺は、太平洋戦争の東京大空襲で灰塵に帰した。

柱にも、襖にも、惜しげもなく金箔が張られ、色鮮やかな障壁画で飾られている。

欄間にはゴテゴテと龍や鳳凰や動物などが彫刻されていた。

あまりの豪華絢爛《けんらん》さに、ミヨシなどは目を回しかけている。

「こちらじゃ」

御殿の豪華さには慣れている侍女は、まったくなんの感動もない顔つきで入側《いりかわ》（畳廊下）を渡ると、とある座敷の襖の前で膝を揃えた。

「渥美屋の女主にございまする」

侍女が座敷内に声をかける。キリは畳廊下で平伏した。

「面を上げりゃ」

聞き覚えのある声がした。キリは顔を上げた。本当ならこんなとき、言われるがままに顔を上げては非礼となるのだが、この顔を見て、キリ本人であることを確認してもらわないことには話が始まらない。

「おお、たしかにキリ女《じょ》じゃ」

お勝姫の声がわずかに弾んだ。それから侍女に命じた。

「下がってよい。この者は信用のおける者じゃ」

侍女は、平伏して去り、代わりにキリとミヨシはお勝姫の長局に入った。

キリはお勝姫の正面に座り、改めて平伏して挨拶した。

「お久しゅうございまする。ご健勝にてなにより」

無表情で、ぶっきらぼうな挨拶だ。ミヨシはハラハラしてしまったが、お勝は機嫌よく笑った。

「そのほうは相変わらずじゃな」

キリは、堂々と顔を起こして、言わずもがなのことを言った。

「いいえ。だいぶ変わりましてございまする。これでも一児の母となりもうした」

「なんと！」

お勝姫はわずかに顔色を変えた。

「波芝の子か」

キリはわずかに顎を引いた。無表情ながら、勝ち誇った気分でいる。キリとつきあって二年にもなるミヨシには、よくわかった。

キリが勝ち誇っているのは、このお勝姫が信十郎に懸想《けそう》をしていたからである。平たくいえば恋敵だ。キリとすれば「勝負あった」という気持ちなのであろう。普段は冷徹な服部半蔵三代目であるが、女心は捨てきってはいないものとみえる。

「左様か。波芝も父親となったか……」

お勝姫は、昔を思い、月日の流れる早さを実感したような顔をした。

「して、その波芝はいかにしておる」

「はっ、只今、京に赴いておりまする」

「なるほど、大御所様のお供か」

お勝姫は信十郎のことを、秀忠の側近なのだと信じている。キリも信十郎も、面倒なので本当のことは告げていない。

お勝姫は、改めてキリに目を向けた。

「越前では、そなたにも世話になったの」

「ハハッ、過分なお言葉にございまする」

キリはふたたび低頭した。


お勝姫は、秀忠とお江与夫婦の三女である。有名な千姫《せんひめ》の妹だ。

お勝姫は、越前七十五万石の太守、松平忠直《ただなお》の許に嫁入りした。忠直は、秀忠の兄、秀康の長子である。いとこ同士の結婚だ。

松平忠直は、「我こそが徳川の本宗家」だと思い込んでいた。儒教思想に照らし合わせれば、秀忠の兄の子なのであるから、将軍職を継ぐのに最も相応しい男であると言える。秀忠を蹴落として、自分が将軍になるのだ、と思い上がっていた。

そんな驕児であるから、秀忠は、政略結婚の人質として娘のお勝姫を差し出したのだが、それで満足している忠直ではない。さんざんに示威行動を繰り返したあげく、無残にも自滅した。

精神にまで異常をきたした忠直は、おのれの妻のお勝姫まで手にかけようとした。危機一髪のところで救出し、江戸の秀忠の許に連れ帰ったのが、信十郎とキリであったのだ。

その忠直は今、豊後の萩原に配流されている。罪人としての監禁生活だ。世が世ならば将軍となれたはずの男が、監視つきの陋屋《ろうおく》に閉じ込められている。

ところでお勝姫の呼び名であるが、未婚のときにはお勝姫で間違いない（渇食姫と表記している史料もある）。越前忠直の正妻となっていたときには「奥方様」か「北《きた》の方《かた》様」と呼ばれていたはずだ。しかし、離縁して江戸に戻ってきてからはなんと呼ばれていたのか、これがよくわからない。既婚者の、子供も産んだ夫人を『姫』と呼ぶのは変である。「越前の御方様」あるいは「北庄の御方様」などと呼ばれていたのであろうか。

寛永十一年、忠直とのあいだに生まれた一子、光長《みつなが》が、越後高田の城主となり（実際には寛永元年から高田藩主だったのだが、幼少であるので領地に赴いていなかった）、お勝姫も高田に移り住むことになる。そののちは「高田殿」と呼ばれるようになり、その名で表記されることが多い。

煩雑だし、寛永三年当時なんと呼ばれていたのか確かなことがわからないので、お勝姫と表記することにする。

「あのときのように、もう一度、手を貸してもらわねばならなくなった」

お勝姫は、キリを呼びつけた理由を語りはじめた。

キリはミヨシに目を向けた。無言で何事かを訊ねる。ミヨシはちょっとだけ首を傾げたあとで、頷き返した。

「何をいたしておる」

自分が話しかけたのに、ほとんど無視して目配せなどしている。お勝姫は少々ムッとして訊ねた。

キリは真顔で答えた。

「なにやら、怪しい気配を感じまする」

ミヨシも大きく頷いた。二人が目配せをしたのは、怪しい気配を感じ取ったかどうかを確かめ合っていたからなのだ。

　お勝姫はハッと顔色を変えた。

「曲者が、この長局に忍び寄っておると申すか」

　越前では一国《いっこく》という凄腕のくノ一に苦しめられ、あやうく命まで奪われかけたお勝姫だ。忍びの恐ろしさは身に沁みて理解している。

　キリは首を横に振った。

「否。おそらくは、徳川の御家に仕える忍びでございましょう。我らを怪しんで、監視いたしておるのやもしれませぬ」

　その徳川の忍びの忠誠心が、まったく当てにならないのであるが、お勝姫を怖がらせたところでなんにもならない。

　だが、今度はお勝姫が、キリたちを愕然とさせるようなことを口走った。

「その忍びが、大御台様のお命を狙っておるのだ」

「なんと仰せられまする」

　キリは、この女にしては珍しいことに、顔つきを変えた。

「つまりは、我らをお呼びになられたのは……」

「左様、その件についてなのじゃ」

　キリはすぐに無表情に戻った。無表情だが、頭の中ではさまざまな思案を巡らせている。

（お江与を、徳川の忍びが殺そうとてか）

多少、驚いてしまったものの、よく考えれば、別段、訝《いぶか》しがるほどのことでもない。キリにしてからが、徳川伊賀忍軍の頭目であったのに、秀忠を暗殺しようと謀ったこともあったのだ。

（お江与を邪魔だと思っている者といえば……）

考えるまでもないだろう。斉藤福だ。そして斉藤福が動かす忍びといえば、天海に仕える山忍びたちだ。

キリにとっても因縁浅からぬ相手である。向こうもキリの顔を見知っている。服部半蔵三代目が奥御殿に乗り込んできたと知って、あちらもあちらで慌てふためいているのに違いない。

（ふぅむ。なにやら面倒なことになりそうだな……）

奥御殿に住まう大御台を殺しにかかるとは、ちょっとばかり想定外であった。今、徳川の家中は、秀忠と家光の上洛の件でおおわらわだ。徳川の忍びたち、伊賀組同心や甲賀組与力、あるいは風魔の生き残りたちも皆、意識を上方《かみがた》に向けているし、ほとんどの者が京に出向している。

しかも舞台は奥御殿。男が立ち入ることのできる場所ではない。

(我らだけで、お江与を守りとおすことができようか)

忍びには無駄な矜持《きょうじ》などはない。あるのは冷徹な計算だけだ。

「無理だな」

と、即座にキリは結論づけた。

「何が無理だ」

キリの呟きを聞き取って、お勝姫が色めきたった。織田家の美貌を引くお勝姫は、母親のお江与と同様の短気者である。

キリは冷徹な視線を四方に向けた。

「この御殿は、広すぎまする」

座敷のひとつひとつが広大で、かつ、隣の部屋や廊下とは、障子や襖、板戸で隔てられているだけだ。

「曲者が襲ってきた場合、身を防ぐ手立てがございませぬ」

「む……」

お勝姫はキリの言わんとしていることを理解した。

「しかし、だからと申して、天主や櫓に立て籠もるわけにもまいるまい」

「左様でございまするな。では、この奥御殿に我らの堡塁《ほうるい》を造りましょうぞ」

「堡塁じゃと？　つまり、砦を構えるということか」

キリは決然と頷いた。

「大御所様がお戻りになられるまで、大御台様をお護りする我らの城」

「なにやら、よくはわからぬが……」

お勝姫は暫し思案したあとで釘を刺した。

「大御所様と御所様が御上洛をなされている今、この江戸で大騒動を起こすわけにはまいらぬぞ。悪しき噂が京に伝わったりしたら、徳川の体面に傷がつく」

「それは、曲者どもも同じことでございます。大御台様のお命を狙ってくるにしても、おおっぴらな手段は使えませせぬ。密《ひそ》やかに、忍びの手段を講じてくるはず。ですから我々も、忍び返しの城を造って対抗いたしまする」

「ふむ……」

「お勝姫様のご下命さえあれば、すぐにでも」

資材や武器を運び込むにしても、許可なしにはできない。秀忠の娘であるお勝の命令が必要なのだ。

お勝姫は覚悟を固めた様子である。

「あいわかった！　そのほうに任せる。よきに計らえ」

「畏《かしこ》まりました。一日の御猶予を賜りませ。……それから、この者を置いてまいります。こう見えて手練《てだれ》の忍びでございますゆえ、何事も、この者とお許りくださいますよう」

キリはミヨシを紹介した。ミヨシは礼儀正しく拝跪した。

「うむ。頼むぞ。……それはそうと、波芝は」

「すぐにも使いを走らせまする。左様、六日のうちには江戸に戻ってまいりましょう」

「六日だと？　波芝は今、京におるのではないのか」

「京におりまするが、使いの者が京に到達するのが三日、知らせを受けた信十郎が戻って来るのが三日。そのようにお含み置きくださいませ」

「三日で京に到達するだと」

伝馬を使った早飛脚と同じ速度だ。普通の旅人の足で歩けば、京まで十四日ほどかかる。

キリは自信たっぷりに請け合った。それから慌ただしく、江戸城をあとにした。

城門を出たところで庄左衛門が待ち構えていた。キリは足早に歩みながら、庄左衛門に命令した。

「飛鷹《ひよう》」

すでに認《したた》めてあった密書を差し出す。紙縒《こよ》りのような細長い紙に小さな文字で事件の次第が書かれてあった。

飛鷹とは伊賀の忍びの隠語で、特急便を意味している。すべてに優先して運ばれるべき密書である、ということだ。

「信十郎の許に走らせよ」

「はっ」と受けた庄左衛門が、キリから渡された紙縒りを片手で、誰もいない道の真ん中に突き出すと、通りを走ってきた魚屋が無言でそれをひったくった。そのまま凄まじい勢いで走り去る。

この魚屋も伊賀の忍びである。キリと庄左衛門が交わした会話も、忍び特有の音声を使っている。密書は江戸城の門前の雑踏の中で手渡されたが、そのことに気づいた者は一人もいなかった。

「忙しくなるぞ」

キリはまっすぐ進みながら呟いた。

「渥美屋の仕掛けを奥御殿に移す」

庄左衛門が驚いて聞き返した。

「忍び返しを、でございまするか」

「そうだ。さもないと、お江与が忍びに討たれてしまう」

「なんと！」

「急がせろ。奥御殿への出入りは、お勝姫が許してくれよう」

なんと、その日のうちに渥美屋の離れが解体されて、資材の一切が江戸城奥御殿に運び込まれた。その名目はお勝姫の別邸を造るため、である。

徳川幕府の公式記録、徳川実紀には、『越前宰相忠直卿の北方、別墅《べっしょ》に移られるにつき』と記されている。墅とは邸の意味だが、わざわざこんな特殊な文字を使う理由がよくわからない。

また、別墅に引っ越しをするので、という理由で、いくつもの禁止条項が奥御殿に出された。

十歳以上の男子は厨房より奥へ入ってはならない。

女房（奥御殿に仕える侍女）の奥御殿への出入りは、局より執事（奥御殿を管理している役人の長）に書類を提出し、許可を得ること。

僧侶、巫のたぐいは、絶対に厨房に入れてはならない（食事に毒を入れられないように、という配慮であろう）。

幕府から扶持をもらっている医師以外は絶対に奥御殿に入れてはならない。挨拶に来た者は、すべて執事を通して挨拶させること。無断で面会してはならない。商人や訝しげな者を、奥御殿に入れてはならない。

走り込みの婦女（当時、奥御殿は縁切寺の役目も果たしていたらしい）を匿ってはならない。

病気になっても見舞いは断ること。


お勝姫が引っ越しをするだけなのに、なにゆえこのように厳しいお達しが出されねばならないのか。これはどう見ても戒厳令である。

このとき、江戸城奥御殿では、何事か、重大な事件が起こっていた。その事件の中心に、別墅に引き移ったお勝姫がいた。それだけは間違いなさそうである。

第五章　お江与、病む

一

忍びが一人、闇の中を駆けてゆく。

道は峨々たる山地帯を縫って伸びていた。細い尾根を登り、渓流を渡る。

この道は『山ノ道』と呼ばれている。日本の山地帯を縦断する隠し街道で、山伏や猟師、山師、樵《きこり》や木地師、鍛冶に鋳物師《いもじ》、芸人、巫女、そして忍びの者などが、この細道を行き来した。彼らは総称して道々外生人などと呼ばれていた。

武士や農民、町人は、平らに均《なら》された道しか、旅する（あるいは行軍する）ことができない。しかし彼ら道々外生人たちは山道を走破することを苦にしない。

道々外生人たちは、地平に住む者には想像もつかない速度で日本国じゅうを走り回った。キリが、「三日で京まで到達できる」と豪語したのは、この山ノ道があったればこそ、だったのである。

キリが認《したた》めた密書を携え、伊賀の忍びが走っていく。深夜であるが、鍛えられた忍びの目には周囲の光景がはっきりと識別できているらしい。日中とほとんど変わらぬ速さで、険しい山道を走りつづけた。

彼ら忍びが山道を走る速度がどれほどのものであるのか。富士山登山マラソンの自衛隊チームの激走を見れば、おおよそ想像がつく。人間離れした脚力である。もっとも、自衛隊員が夜の山道を走るとしたら、赤外線暗視装置を装着するのではあろう。

道は途切れて谷に出た。藤蔓を編んで造った橋が、険しい谷に架けられていた。

忍びの者は軽々と橋を伝って対岸に渡った。やはり、平地を走るのとほとんど同じ速さであった。

谷を走る忍びの右手から、沢を伝う水の音が聞こえてきた。

「ムッ……！」

忍びは全身に緊張感を走らせた。

沢の水音に紛《まぎ》れて何者かの足音が聞こえてきたのだ。こんな夜中に沢を歩く漁師はいない。しかもわざわざ沢の音に気配を紛らわせている。

間違いなく、忍びの者である。

（この俺を追ってきたのか……）

忍びは臍《ほぞ》を嚙んだ。いったいどこで嗅ぎつけられたのか。伊賀の忍びの隠密行に気づくとは。恐るべき敵だ。

しかし恐れてばかりもいられない。この忍びも腕に覚えのある者だ。飛鷹を任されたほどであるから、脚力にも武術にも自信がある。

（どこの忍びかは知らぬが、目に物見せてくれようぞ）

覆面の下でほくそ笑むと、いったん高々と宙に舞い上がり、木々の枝を踏んで走りだした。

木々を伝って、木の葉に身を隠しながら移動する。

これを甲賀では『猿飛びノ術』と呼んでいたらしい。伊賀にも同じ技は伝わっている。

伊賀の忍びは得意の技で逃走を図る。しかし――、

「ムッ……」

覆面の下で彼の目つきが険しく顰《ひそ》められた。

（まだ追ってくる……）

しかも、どうやら脇道を使って先回りしようとしているらしい。

(わしより早く山ノ道を走るとは)

ここは甲斐の駒ヶ岳の山麓だ。この一帯の地形を諳《そらん》じているというのであれば、武田の忍びの裔であろうか。武田の忍びは大久保長安に引き取られ、さらには駿河中納言忠長に仕えたとも聞くが、忍びは武士ほどの忠節はない。待遇次第でどこの誰にでも仕える。

敵の忍びの気配がすぐ傍まで近づいてきた。もはや逃げきれぬと覚った伊賀の忍びは、懐の手裏剣を引き抜いた。

「ムンッ」

敵の気配にめがけて投擲《とうてき》した。同時に反撃を避けるため、木の枝から真っ逆様に身を投げた。

地面に激突する寸前、猫のように体を返して着地、地面を蹴って草むらに飛び込んだ。

(あれしきの手裏剣で、仕留められる相手ではあるまいが……)

おそらく、手裏剣はすべてかわされてしまったはずだ。そして敵は今、この闇の中のどこかに潜んでいる。

（ええい、面倒な）

伊賀の忍びは内心、舌打ちをしたくなった。キリから託された密書を運んでいる最中なのだ。こんなところでまごまごしている場合ではない。

その焦りが、気息の乱れとなって、表に現われてしまったのかもしれない。戦国時代の忍びであれば、何日でも藪の中に身を潜めて、敵の出方を待ったであろう。しかし、この若い忍びには、体力はあっても実戦の経験が乏しかった。

（ムッ……）

忍びは、ビクリと眉間を動かした。目の前を、微かな光が飛んでいく。

（ホタルか）

と一瞬思ったのだが、秋も深まるこの季節、ホタルが飛び交うわけがない。

（忍びの技か）

ハッと悟った瞬間、その光が巨大な炎になって爆発した。

（しまった！）

両目が眩む。何も見えない。しかも次の瞬間、火箭が忍びの背中に突き立った。

「ぐわっ！」

背中がメラメラと燃え上がった。慌てて地面に背中を擦りつけたが、どういうわけか、まったく炎は消えなかった。

闇の中、炎を背負った姿で、伊賀の忍びが悶え苦しむ。

四方八方から飛来した手裏剣が、彼の全身に突き刺さった。

伊賀の忍びは、炎に苦しみながら、数歩よろめいたが、ついには膝からガックリと崩れ落ちた。


伊賀の忍びが絶命するのとほとんど同時に、彼の背中の炎が消えた。

闇の中から一人の忍びが舞い降りてきた。小柄な中年男で、猫そっくりな吊り眼と、低い鼻を持っていた。

伊賀の忍びの死体をひっくり返し、懐を探る。密書を見つけて一読し、猫に似た顔でニヤリと笑った。

次の瞬間、密書が激しく燃え上がった。キリが信十郎に伝えようとした緊急情報は、その場で闇に葬られてしまった。

（なんだろう、この瘴気《しょうき》は……）

ミヨシは小首を傾げた。

二

深夜、たった一人で奥御殿の畳廊下を巡回している。半刻に一度は見廻りをするようにと、キリに言いつけられていたからだ。

昼間でさえ、心細さを感じさせるほどに大きな御殿である。夜ともなるとなおさら恐い。広間などに踏み込むと、手燭《てしょく》を高く翳しても、広間の端までほとんど光が通らない。闇の中に何物が潜んでいるかもわからないのだ。

ミヨシの手燭が動くたびに、柱や欄間の影も動く。それらの黒い影がミヨシを追って、迫ってくるようにも感じられた。

キリに連れられてお勝姫に目通りをしたミヨシは、そのままお勝姫の侍女となって奥御殿に残った。最前の禁令では、身元の確かではない者を奥御殿に入れてはならない、ということになっていたのであるが、お勝姫のお声掛かりであれば問題とはされない。越前北庄城で仕えていた侍女だと紹介されて、お勝姫の側に張りつくこととなった。

もっともミヨシは越前の訛りなどは知らない。しかも周囲の誰が、敵であるかもわからない。きつい緊張を強いられる勤めである。

ミヨシは手燭を掲げて、夜の奥御殿を巡回しつづけた。畳廊下には大きな行灯《あんどん》がいくつも置いてある。驚いたことにこれらの行灯に張られている、紙のように見える物は紙ではなかった。薄く削られたウミガメの甲羅であった。

甲羅の腹の白い部分を極薄に削ぐと、まるで紙のような質感になる。これを紙の代わりに行灯に張るのだ。

もちろんのこと、簡単に入手できる代物《しろもの》ではない。亀を捕まえるのにも、甲羅を加工するのにも、物凄い金がかかってしまう。それなのになぜ、そのように高価な材質を使っているのかといえば、ひとえに火事の用心に気をつかっているからである。雪洞《ぼんぼり》に紙を張れば、火が燃え移る心配がある。亀の甲羅であれば間違って蹴倒しても燃え上がらないのだ。

ミヨシが掲げている手燭も、もしかしたら、亀の甲羅が張ってあったのかもしれない。そんなこととは露知らず、高価な手燭を左右に振りかざしながら、ミヨシは巡回をつづけた。

長局で暮らす女房衆の、咳き込む声が聞こえてきた。さらに奥の長局からは、悪夢にうなされているのであろうか、不気味なうめき声まで聞こえてくる。

(これは妙だ)

ミヨシははっきりと敵意を感じ取った。この奥御殿全体に、なんらかの術をかけた者がいる。

先の禁令では、僧や巫などを入れてはならない。医者は御殿医に限る、見舞いの者は断れ、などの達しが出されている。僧も、巫も、医者も見舞いも、すべて病に関わる者たちだ(医者坊主という言葉があるように、宗教家は医者を兼ねていた)。

奥御殿で大勢の病人が発生している。その原因が、この瘴気であるように思われた。

(いったい、誰が、どんな術を……)

確かめてみたい欲望にかられたが、キリに断りもなく勝手なことをしては怒られる。今夜、お江与とお勝姫を護ることができるのはキリとミヨシしかいないのだ。ミヨシも以前のような無邪気な娘ではない。大和忍び鬼蜘蛛の妻であり、一児の母でもある。ここは大人の分別を見せて、慎重に行動しなければならなかった。

ミヨシは周囲の気配に神経を尖らせながら、お勝姫の別墅へと戻った。

大奥には、のちの時代には、立錐の余地もないほどに、お局様方やそれに仕える侍女たちの住居が建ち並ぶことになるのだが、この当時の御裏方にはかなりの余裕がある。なにしろ秀忠には側室がおらず、家光は同性愛者だ。奥御殿に住む女性たちの数が圧倒的に少ない。

広々とした空間には庭園が造られ、玉砂利を周囲に敷きつめた能舞台まで置かれている。その庭園の一角に、小さな庵が建てられていた。これこそが問題の、お勝姫の別墅なのだ。

庵を取り囲むようにして、篝火が終夜、焚かれていた。玉砂利の敷かれた通り道は人が踏み込むと、砂利が大きな音をたてる仕組みになっている。

砂利が敷かれていない所を突破しようとすると、黒くて細い糸に引っかかる。糸は鈴に繋がれていて、微かに触れただけでも大きな音を鳴らす仕掛になっていた。

ミヨシは玉砂利を踏んだ。普段、軽業師として生計を立てているミヨシである。細い綱の上で飛んだり跳ねたり、宙返りをしたりできるほどに身が軽い。それなのに、玉砂利は驚くほどに大きな音をたてた。

(これが服部の、忍び返しの技か……)

さすがは伊賀の服部家。忍びの弱みを知り尽くしている。蛇の道は蛇、ということだろう。

「ミヨシにございます」

庵の中に一声かけてから階《きざはし》を上がって、庵の戸を開けた。

戸を開けたが、そこは座敷内などではなかった。目の前に壁が立ちはだかっている。

ミヨシは庵に入って戸を閉めて、壁を大きく迂回しながら、座敷に入った。この壁は、手裏剣や弓矢、鉄砲の攻撃から座敷内を守るための防壁であった。

「只今戻りました」

ミヨシは畳に両膝を揃えて挨拶した。

座敷の真ん中に夜具が敷かれ、お江与が横たえられている。枕元にはお勝姫が座り、心配そうに母親の寝顔を見つめていた。

(これは、よくない)

と、ミヨシの目でもお江与の病状の悪化がはっきりとわかった。

面差しが窶《やつ》れている。顔色は紙のように白く、唇は紫色、しかもガサガサに乾いてひび割れている。目は眼窩の形が見て取れるほどに落ち窪んで、瞼も青黒く変色していた。

(死相だ)

ミヨシは内心、溜め息をついた。

奥御殿に呼びつけられ、お勝姫から事の次第を打ち明けられたのが七日前。それからずっと、キリと二人でお江与のそばに侍っているが、お江与の容体は日に日に悪くなっていくばかり。

このままでは、刺客など来なくても、勝手に死んでしまいそうである。

(いったい、なぜ……?)

忍びの者は医学の知識も持っている。丸薬ぐらいは自分で調合できる。キリとミヨシもお江与の病状を診察したのだが、これといって悪いところが見当たらない。

徳川家に仕える御殿医師の診察も受けさせたが、医師もさんざん首をひねったあげくに、「心労でございましょう」などと、当たり障りのない診断を下した。

とはいえ、その心労というものが馬鹿にはできない。たしかに心労は、死に至る病の原因となる。お江与のような、神経質で感情の過多な者なら尚更だ。

お江与は息を弾ませて呻いている。悪い夢を見ているようだ。熟睡するということができないようで、一晩じゅう、うわ言を呟いていたりする。

病人なのに眠れないのでは、治る病も治らない。

(あの、瘴気が原因なのだろうか……)

奥御殿中に夜な夜な充満している不吉な気配。この瘴気に当てられたお局様や侍女たちは次々と病に倒れていった。

ミヨシも持ち前の明るさを失いかけている。あのキリでさえ、辛そうな表情を浮かべている時があったのだ。

そのキリは座敷の端の暗がりの中に座っている。ミヨシはキリの前に膝を揃えて報告した。

「奥御殿内には、何事も……。怪しいところは……」

言いよどんだミヨシに、キリが切れ長の目を向けた。

「怪しいところは、なんだ」

「はぁ、怪しいところはない、といえば、どこにも怪しいところは見当たらず、なれど、怪しいといえば、どこもかしこもが……」

「怪しいか」

「はい」

キリは渋い顔つきで、視線を窓のほうに向けた。

「きゃつめら。けっして姿を現わさぬ。なれど確実に、我らを締めつけにかかっておる」

「キリ様」

ミヨシは膝を進めた。

「なんだ」

「菊池彦様は、いかがなさったのでございましょう」

キリはムッと口を噤《つぐ》んだ。

飛鷹で使いを送ったのが七日前。お勝姫に対して豪語した六日の約束を一日ばかり過ぎている。

「信十郎は、来るまい」

昨日と今日、帰って来なかったということは、これ以上待っても帰って来ない公算が高い、とキリは読んでいる。

「なにゆえでございましょう」

「さぁてな。京で秀忠父子に何かが起こって、その手当てに忙殺されているのかもしれぬし、それとも、飛鷹が討ち取られたかのかもしれぬ」

「まさか……」

「考えられぬ話ではないぞ。敵は、この奥御殿に近づく者すべてに目を光らせているはずだ。我らの動きは敵に筒抜けになっていると考えたほうがよい」

敵の首魁はおそらく斉藤福だ。家光の信頼も厚い乳母で、奥御殿に隠然たる力を保持している。敵の忍びは斉藤福の庇護をうけているからこそ奥御殿内で好き勝手に暗躍できる。

いつ、その敵が襲ってくるともわからない。だからこそ、キリはこの、忍び返しの庵に立て籠もっているのであるが。

しかし、その間もお江与の病状は悪化していくばかりなのだ。

（いったいなぜだ）

服部半蔵たるキリを以てしても、敵の仕掛けがわからない。

悪意は感じる。奥御殿内じゅうに満ちた瘴気がそれだ。しかし、敵の姿が見えない。目論見《もくろみ》がわからない。

（服部半蔵家も、落ちぶれたものだな……）

こんなとき、戦国時代の服部家であれば、有能な忍びたちが競い合って情報を収集して回り、敵の意図を暴き、敵を次々と狩りたてていったことだろう。

キリがいかに有能な忍びであっても、ひとりぼっちで孤立していては大敵には対処できない。服部半蔵は、伊賀忍軍を擁していてこその服部半蔵なのだ。旗本八万騎を擁しているからこそ大威張りできる将軍と同じなのである。

キリは腰を上げた。

「見廻りをしてくる。けっしてここを動くなよ」

キリは庵を出た。

「月がかかっているな……」

夜空を見上げて呟いた。月は忍びにとって、あまり都合のよいものではない。

（しかしそれは敵も同じだ）

玉砂利を踏み鳴らしながら、奥御殿の建物に向かった。

キリは奥御殿の回廊を足音もなく進んだ。

（やはり、毒を流されているのか……）

中庭の真ん中に建てた庵に引き移ったお勝姫やキリたちは、この瘴気の毒をまともに浴びずには済んでいる。しかし、まったく無害というわけにはいかない。

（この瘴気の源を突き止めねばならぬな……）

瘴気の毒はわずかずつだが、庵にも流れ込んでいる。だからこそお江与は日に日に衰弱しているのだ。

キリは奥御殿に踏み込んだ。

キリはお勝姫の侍女が着る高貴な打掛を纏っている。服部家は、飛鳥時代から天皇家に仕えた古代氏族だ。典雅な格好をさせれば、それなりに高貴な身分の姫君に見えなくもなかった。

暗い畳廊下を進む。奥の長局で誰かが咳き込んでいる。御殿じゅうに、さらに濃密な瘴気がたちこめているようだ。

（いったい、どこから湧いてくるのだ）

どこかの座敷に香炉のような物が置かれているのか。だとしたら、それを破壊せねばなるまい。

そのとき、コツコツコツ……、という、微かな物音をキリの耳が捉えた。

（なんの音だ）

この音には聞き覚えがある、とキリは思った。

（そうだ、鄭芝龍だ）

鄭芝龍の船に乗ったとき、鄭芝龍が得意満面に、時計という機械を見せてくれた。どこかの大名の依頼を受けて、マカオの南蛮商人から買いつけたのだ、という話であった。

（時計か）

江戸城の御殿であれば、時計の一台や二台、献上されているに違いない。静まり返った御殿の奥から時計の音がしてくるのは、さして奇妙な話でもない。

しかしキリは、なんとはなしにこの物音を、ないがしろにしてはいけないという気になった。

コツコツと、時計の音が延々と響いている。キリはそこに、不吉な何かを感じ取ったのだ。

(いったい、どこだ)

昼間、大勢の侍女たちが立ち働いているときには、この瘴気は漂わない。つまり、何かのカラクリがあって、夜中にだけ、瘴気を立ちのぼらせる仕組みとなっているのではあるまいか。

もし、そうだとしたら、時計などは最も疑わしい装置であろう。

キリは、奥座敷の襖を開けた。奥座敷には武芸自慢の女武芸者たちが宿直《とのい》についているはずだが、この瘴気に当てられて前後不覚の状態になっているようだ。断りもなくキリが踏み入っても、誰一人として姿を現わさなかった。

キリはさらに奥へと進んでいった。

(ここか……)

閉ざされた襖の奥から時計の音が聞こえてくる。キリは襖を開けた。

（ふうむ）

広い座敷の真ん中に大きな箱が置いてあった。不気味な瘴気はその箱から漏れ出してくるようだ。キリは箱の蓋を空けて中を覗いてみた。

「ふむ……。なにやら、よくわからんな」

発条《ぜんまい》や歯車のような物が組み合わさっている。

「鬼蜘蛛であれば、何のカラクリであるのか、見当がつくのかもしれぬが」

キリは機械に弱い。複雑に動く構造体を見ているだけで頭が痛くなってきた。

（いや、この頭痛は……）

箱から漏れる臭気によるものだ、と気づいた。

（南蛮の毒薬か）

海の彼方にはさまざまな毒薬がある。忍びは毒物の研究にも余念がないが、さすがに遠くシャムやルソンや天竺、南蛮から運ばれてくる毒薬のすべてを調べ尽くすことはできなかった。

このカラクリにもキリには想像もつかないような種類の毒が使われているようだ。

鄭芝龍は毒薬のたぐいも積み荷として日本に持ち込んだことがあるような話をしていた。

猛毒こそ、医師の匙加減で良薬になるのだ、などと嘯《うそぶ》いていたが、悪用されれば、人の世を狂わせることになるのだと恐れてもいた。

「ムッ」

キリは、殺気を感じて、咄嗟に身を横に投げた。

その直後、音もなく飛んできた針が畳に刺さった。

キリは天井近くまで飛んで、柱と鴨居に張りついた。

(どこにいる)

広間とはいえ屋敷の中だ。しかし、敵の気配はない。

(なかなかやるな)

御殿の天井は格天井《ごうてんじょう》といって、格子状の木が厳重に組まれている。この格子は天井を豪華に見せる飾りであるのと同時に、曲者を天井裏から出入りさせないための柵でもあった。牢屋の格子と同じ機能を持たせてあるのだ。敵がこの格子を破って、天井裏に潜んでいるとは思いがたい。

(だとしたら、この広間のどこかにいる)

吹き針で攻撃してきたのは、攻撃の痕跡を残さないためであろう。手裏剣などを投げたら、外れた手裏剣が畳に刺さったり、襖を突き破ったりしてしまう。吹き針ならば闘争の痕跡は残らない。と同時に吹き矢はほとんど音をたてない。自分の居場所を隠匿することもできる。

(どこに潜んでおるのだ……)

キリは、五感を研ぎ澄ませた。

と、そのとき。

「わしを探しておるのか」

と、耳元のすぐ近くで話しかけられた。

驚いて目を向けると、欄間に彫られた何人もの聖人が、キリを見つめてニヤニヤと笑っていた。

キリはハッとした。

御殿の欄間は、素晴らしい木彫りの彫刻で飾られている。

日光東照宮を思わせる彫刻群。胡粉や黒漆、朱で塗られて金箔を押された彫刻が、ワワサワと不気味に蠢《うごめ》いていたのだ。

「どうした、服部の娘。何をそんなに驚いておる」

聖人に教えを請うていた子供の木彫りがキリを見上げて嘲笑《あざわら》う。と、広間の反対側の欄間に彫られていた鳳凰が、大きく羽根を広げて飛び立って、広間じゅうを所狭しと飛び回りはじめた。

(これは……、そうか、阿芙蓉《あふよう》か……!)

アヘンとも呼ばれる魔毒である。その煙を吸わされると幻覚や幻聴に悩まされるという。

どうやら、時計仕掛けのカラクリから噴き出る瘴気の正体は阿芙蓉であって、その麻薬がキリの五感を狂わせているようであった。

目に見えるもの、耳に聞こえるもの、すべてが、真実なのか幻なのか判然としない。今ここで攻撃を受けたら、避けることも、逆襲することもできない。

「うっ……」

手足の力まで抜けていく。キリは欄間から手を離し、ストンと畳の上に転落した。

「どうした、服部の姫」

欄間の彫刻群がキリを見下して嘲笑った。

襖に描かれた虎も、鷹も、南蛮人も、身をよじらせながら笑っていた。

(どこだ……。どこにいる)

阿芙蓉の力を借りて、キリに幻術をかけた者が、この近くに潜んでいるはずだ。キリが転落したことに気づけるほどの近くに——。

キリは、ハッとした。

「貴様か！」

キリは袖の中に隠してあった短刀を抜いた。襖に描かれた南蛮人に斬りかかった。

「ギャッ！」

襖の南蛮人が悲鳴をあげた。同時に、キリを悩ませていた幻覚と幻聴が消失した。

「貴様は、隠形鬼！」

襖の唐紙がベロリと剝がれて、小柄な老人が飛び出してきた。すでに片腕は信十郎に切り落とされ、今またキリに斬りつけられた。

狩野派の絵師が御殿の襖に南蛮人の絵など描くはずがなかったのだ。

キリは二の太刀を浴びせた。辛くも避けた隠形鬼だったが、時計のカラクリに激突し、阿芙蓉の煙を吐く箱を蹴倒してしまった。

隠形鬼は毬のように身を丸めながら、障子を突き破って庭に飛び出した。

「待てッ」

キリは追おうとしたが、足がもつれて上手く走れない。一方の隠形鬼も、刀傷を受けてキリに反撃するどころではなく、身を庇《かば》いながら遁走していった。

すぐに隠形鬼の気配が消える。血の臭いもしないので、気息を絶ったのではなく本当に、遠くへ逃げていったのだと思われた。

キリは広間に戻った。倒れた時計のカラクリを覗き込む。中には炭火と、阿芙蓉の葉と、それを定時にくべる機械らしきものが入っていた。

(時計のカラクリで、深夜にだけ、毒の煙を流す仕組みになっていたのか)

その毒を吸い過ぎた者は、正気を失い病んでいく。

(だが、それだとしたら、奥御殿に住まう者たちが皆、死んでしまうぞ……)

狙いはお江与一人のはずだ。

(それに、阿芙蓉は、致命の毒ではないと聞く)

長い時間、使用しつづけることで廃人となっていく毒だったと記憶している。

しかし、お江与の衰弱ぶりは急激なものであった。

(秀忠と忠長が江戸を出て、京から戻ってくるまでに、お江与を仕留める策略のはずだ)

悠長に阿芙蓉の毒などを吸わせている暇はないはず……。

キリはハッとした。

「そうか!」

急いで庵に戻った。

「お勝姫様！」

庵の中に飛び込む。そこでキリが目にしたものは、幼子のような顔つきで、お勝姫に抱きつくお江与の姿と、そのお江与を抱き寄せて、口に何かを含ませるお勝姫の姿であった。

「母様、お江与を許して……」

「さぁ、お江与……。この薬を、今夜も、しっかりと飲むのですよ……」

お市になりきったお勝姫が、お江与の唇に怪しげな粉末を含ませていた。

「お勝姫様ッ」

キリはお勝姫に駆け寄って、その手を払った。そして平手で頰を打った。

「あッ」

お勝姫が正気に戻った。

「わ、わたしは、いったい、何を？」

キリは唇を嚙んだ。

(阿芙蓉の毒だ)

毒で意識を混濁させられたうえに、暗示をかけられ、お市の役を演じさせられていたのである。お勝姫は、良薬を飲ませているつもりで、致命の毒を、自分の母に毎日含ませていたのだ。

「母上様、母上様……」

いまだ正気に戻らぬお江与がお勝姫にすがりつく。お勝姫は若き日のお江与に、すなわちお市に生き写しだ。意識の混濁したお江与の目には、お勝姫の姿は愛しい母の姿、そのものに見えていたのだ。

(しまった……。してやられた……)

お勝姫がお江与に張りついたと知った隠形鬼は、お勝姫を暗殺者として使う策を思いついたのであろう。

座敷の隅ではミヨシも意識を失っている。

(阿芙蓉の毒、まさか、これほどのものとは……)

朱印船貿易で海外の情報と産物を独占している徳川家。江戸城の奥御殿も当然、海外の産物の情報を知りうる立場にある。

(斉藤福め)

阿芙蓉を入手した斉藤福が、その毒を隠形鬼に下げ渡したのに違いない。隠形鬼は隠形の術と阿芙蓉の毒を組み合わせて、お勝姫をおそるべき暗殺者に仕立て上げてしまったのだ。

伊賀服部家の完敗だ。半蔵家は改易の憂き目にあい、徳川家に集まる海外情報から切り離された。

（おのれ……）

キリは歯噛みをした。お江与の顔を見つめる。

お江与の顔貌には、毒による発疹が一面に浮いていた。もうこうなっては手の施しようもない。お江与は間もなく、死ぬであろう。

三

「なんや、妙な雲行きやな」

鬼蜘蛛は空を見上げた。

空全体を覆った鼠色の雲が西から東へ流れている。雲の底がまるで、時化《しけ》の海面のようにうねっていた。

旧暦の九月の中旬といえば、新暦の十月下旬あたりに相当する。秋空が澄み渡り、涼風が心地よく吹きつける季節だ。だからこそこの時期に将軍家は上洛を挙行したのであるが、それなのに、一転して、不気味な暗雲が京の上空に立ち込めはじめたのであった。

「こんなときこそ、用心せなならん」

鬼蜘蛛はせわしない手つきでクナイの手入れを始めた。

信十郎と鬼蜘蛛は、洛内の太物屋に仮住まいしている。ここも服部庄左衛門が用意した伊賀の忍びの隠れ宿であった。

と、そこへ。

「こんな所におったのか」

荒々しい足どりで柴垣を乗り越えて入ってきた男がいた。訪いなどまったく入れない。獣のようにいきなり庵の庭先に突っ込んできた。思わず鬼蜘蛛がギョッとして、研いでいる途中のクナイを構えてしまったほどであった。

赤漆の塗笠を被り、袖無しの羽織の下は袖を絞った小袖。裁着袴《たっつけばかま》に草鞋履き。頭のてっぺんから足袋の爪先まで土埃にまみれている。いったいどこの回国武芸者か、といった出で立ちだ。

「柳生の若大将やないか」

鬼蜘蛛はピョンと濡れ縁から飛び下りた。柳生十兵衛は隻眼をニヤリと細めて、人懐こく笑った。

「アイツはおるか」

鬼蜘蛛が答えるより先に、屋敷の障子がカラリと開けられた。信十郎がヌッと顔を出す。

「ああ、いたいた」

十兵衛が破顔する。信十郎は、不思議そうに十兵衛を見つめ返した。

「どうしたのだ。それになんだその格好は。家光殿のお側に仕えているのではなかったのか」

家光は毎日のように、宮城に参殿したり、帝の行幸を迎えたりしている。十兵衛は柳生家の御曹司で、父の宗矩は大御所秀忠の側近だ。こんな薄汚い格好をして走り回っている暇などないはずだった。

十兵衛はちょっと不満げに顔をしかめさせた。

「直衣《のうし》姿でお前に会いに来るわけにもいかねぇ。……もっとも、こっちはこの格好のほうが性に合っているけどな」

ここが服部家の隠し宿だと気づいているのかいないのか、十兵衛はまったく屈託なく微笑した。

ところが、一転して深刻な表情になると、声をひそめて顔を近づけさせてきた。

「大変なことになった。大御台様がやられちまったらしい」

重大なことをサラリと口に出されたので、信十郎も鬼蜘蛛も、一瞬、何を言われたのか理解できない、という顔をした。

「大御台……とは、家光殿の母上の、お江与様のことだな」

「そうだ。駿河大納言様の母親でもあらぁ。わかりきったことを訊くな」

「やられちまった、とは、どういう意味だ」

「そっちの次第はよくわからねぇ。わからねぇんだが、大御台様がな、どうやら危篤に陥ったらしいのだ」

「なんだと！　この時期にか」

「この時期だからだろうぜ。大御所様も、上様も、駿河大納言様も、その他幕閣の諸々も江戸にはいねぇ。曲者が大御台様に手を下そうと思ったら、またとない好機なんじゃねぇのか。だから『やられちまったらしい』と言ったんだ」

「そういうことか……」

信十郎は卒然として悟った。

「敵の狙いはお江与殿だったのか！」

小田原城の一件など、コソコソと姿を見せては消えていく、意味ありげな忍びの姿に惑わされてしまった。あれらはすべて、秀忠や幕臣たち、それに護衛の忍びたちの注意を京の秀忠父子に引きつけるための囮《おとり》だったのだ。

「我らの注意を京に引きつけておいて、その隙に……」

お江与を亡き者にせんと謀ったのに違いない。

鬼蜘蛛が不思議そうに小首を傾げた。

「しかしやなぁ、キリや服部庄左衛門は、何も言うてこんで」

信十郎はますます顔つきを険しくさせた。

「繋ぎの者は、道々、討ち取られてしまったのに相違あるまい」

キリや服部庄左衛門がこの事態に気づかなかったはずがない。信十郎に繋ぎをつけようとしたはずだ。

「だが、敵はそれを見越して、道筋で待ち構えていたのに違いあるまい」

鬼蜘蛛も顔色を青くさせた。

「服部の忍び衆を討ち取った、言うんか。そんな真似ができるのは、いったいどこの忍びや」

信十郎には思い当たるところがある。天海の配下の山忍びどもだ。

（あの者どもは、忠長殿の命を狙いつづけている……）

天海は斉藤福の後ろ楯、すなわち家光の後ろ楯だ。天海と福は、家光の治世を安んじるために、どうあっても、忠長を殺しておかねばならないと決意している。

(その忠長殿の後ろ楯はお江与殿……)

忠長を熱愛し、陰に日向に応援しているお江与。家光派からすれば、最大の政敵はお江与だ。

天海も福も戦国時代の生き残りである。邪魔な敵は殺してしまうのが一番手っ取り早くて確実だ、と考えているのだろう。

(お江与殿を失えば、忠長殿は天涯孤独の身となろう)

求心力が大きく損なわれるのは間違いない。

「なんということだ！　徳川の世の安寧のためならば、そこまで手を汚すか！」

信十郎も、遁世した僧侶のような空想平和主義者ではない。平和を維持するためには、為政者たちがさまざまな陰謀を凝らし、手を汚しつづけなければならないということは理解している。為政者が手を汚すことによって、民草の平和な暮らしが守られるのだ。

秀忠との交際で、その程度の真理は理解しはじめていた信十郎だったが、しかし、家光の世を安泰にするため、その生母であるお江与までをも殺す、というやり口には、当然ながら賛同できない。

「無残すぎる！」

これが徳川の偃武《えんぶ》なのか。太平の世とはこれほどまでの犠牲を要求するものであったのか。

信十郎は屋敷に取って返して、金剛盛高を引っ摑むと、沓脱ぎ石の草鞋に足を通した。あっと言う間に草鞋の緒を締めて走りだした。

「どこへ行く」

慌てて十兵衛が追ってきた。

「どこへ？　お前は俺を探しにきたのだろう。どこへ連れて行く気か知らんが、早く案内しろ」

「大御所様の所だ。大御所様がお前を呼んでいる。お前のことだが、柳生の門弟ということにして、二条城に入れる。……ただし、大御台様の話はまだ、誰にも知らせていねぇ。徳川にとっちゃあ、めでてぇ上洛の最中だ。深刻な顔はしねぇでくれよ」

いつの時代でも、最も不吉なことは〝死〟である。死は最も忌み嫌われる。将軍家が上洛し、帝を迎えて日本国の太平と弥栄《いやさか》を祝っているこのときに、将軍生母のお江与が死んだ、などということになれば、すべての嘉慶が吹っ飛んでしまう。

「馬を使うぞ。……お前の足なら馬より早く二条城に着くだろうが、忍びの足で洛内を走らせるわけにもいかねぇ」

十兵衛の若党らしき男が引いてきた馬に、信十郎は跨がった。このとき、京の市中は、混雑と事故を防ぐため、大名と大身の家臣・旗本のみしか騎乗できないことになっていた。

信十郎はいかにも高貴な顔つきの偉丈夫で、馬の扱いも見事なものだ。知らない者が見れば、どこぞの大名の御曹司にも見える。もっとも実際に豊臣秀吉の子で加藤清正の猶子《ゆうし》であるのだが、それはさておき堂々と馬首を巡らせて二条城へ向かった。

途中の番所は十兵衛が名乗りを上げて突破した。今をときめく将軍家剣術指南役・柳生家の威光は御家人や足軽の末端にまで及んでいる。

信十郎の馬の横には鬼蜘蛛がぴったりとついている。馬の足にも負けない走りで、道行く者たちが、「見事な馬丁だ」と感心しながら見送った。

信十郎は十兵衛の背後に従って、二条城の門をくぐった。

鬼蜘蛛はいつの間にか、姿を消している。

『将軍家大御台、お江与倒れる』の悲報は、九月十一日、京の秀忠と、家光、忠長の兄弟に伝えられた。

江戸城の留守居役は徳川家の慶事を損なわぬよう、お江与の発病を隠していたのであるが、いよいよ危篤の状態となって、秀忠たち家族と、幕閣の上層部にだけ、この凶報を伝えてよこしたのだ。

家光は例によって例のごとく、粗忽《そこつ》に反応した。報せを聞くや否や「江戸に帰る」と言いだして、上洛中の宿営地としていた淀城《よどじょう》を飛び出した。

慌てたのは側近たちである。

今回の上洛では、大御所秀忠に太政大臣（大相国《だいしょうこく》）の位が授けられ、家光には左大臣の位が授けられることになっている。その昇進の儀式を二日後に控えているというのに、肝心の主役が京を離れるわけにはいかない。

側近たちは、逸《はや》る家光を宥《なだ》めすかして、とりあえず、帰国途中の一休みという名目で二条城に押し込んだ。家光を二条城の御殿に押し込むと、十重二十重に取り囲んで説得を始めた。

家光は、粗忽ではあるが愚か者ではない。家臣や下々の言葉に耳を傾けるという美徳も持っている。言われてみれば、たしかに今、京を離れるのはまずい、という計算ぐらいは働いた。

家光は、稲葉丹後守正勝に命じて、お江与の病気を見舞わせることにした。稲葉正勝は斉藤福の息子である（当時は夫婦別姓）。斉藤福は江戸城御殿の御裏方の実力者だ。お江与の病状を探らせるのにはうってつけの人物だと思われた。

稲葉正勝は母親とは正反対の、謹厳実直な忠義者である。「アッ」と承《うけたまわ》って京を離れて江戸に向かった。家光は二条城の櫓から、稲葉正勝の背中を見送った。

そしてもう一人、お江与の発病を知って、度を失った男がいた。

「母上様が、お病みなされた、だと……！」

報せを聞くやいなや、ガッと立ち上がり、咽も張り裂けんばかりに絶叫したのは、忠長である。

全身がワナワナと震えている。信長に似た相貌はいつでも血の気が薄いのであるが、そのときはまた一段と顔色が悪かった。まるで白蠟で作った面を思わせる肌の色であった。

忠長は、使者を問い詰めようとして、二、三歩、前に踏み出した。そこで急な立ちくらみに襲われてしまい、ヘナヘナと腰を落としてしまった。

「母上が、病……」

　呆然とへたり込んで、荒い呼吸を繰り返す。自分自身に事態を飲み込ませようとでもいうのか、何度も同じ言葉を呟いた。

「大納言様ッ！」

　慌てて駆け寄った近臣たちが差しのべた腕を、忠長は荒々しく振り払った。

「馬引けィ！」

　絶叫しながら立ち上がる。今度は顔面が真っ赤に染まっていた。

「馬？　い、いずかたへまいられまするか」

　忠長はカッと両目を怒らせて、近臣を睨みつけた。

「江戸じゃ！　江戸に戻る！」

「し、しかし……」

　江戸に戻りたい気持ちはわかる。お江与は忠長を熱愛したが、忠長もお江与を愛していた。それに、大御台のお江与こそが忠長派の最大の後ろ楯であることは、忠長の側近であれば、誰でも理解している。

　今、ここでお江与に死なれるのはまずい。あと十年、長生きしてくれて、かつ、同性愛者の家光に、このまま世子が生まれなければ、四代将軍の座は忠長のものとなるのだ。当然、忠長の近臣たちも、家光の近臣たちを押し退けて、幕府の枢要を占めることができるはずだ。

「しかし、殿。間もなく大御所様は大相国にお成りあそばされます。御所様は左大臣にお成りあそばされます。ご昇進の儀式もございますのに、大納言様がご欠席とは、いささか憚りがあろうか、と……」

「なんの憚り！　我が母が病に苦しんでおられるというのに、見舞いに赴かぬほうが、よほど世間に憚りがあろうぞ！」

父母に忠孝を尽くすことは、儒教思想の根本原理である。儒教はこの当時、日本国で流行りの思想であった。当然、好学の忠長も儒教思想にかぶれていた。

しかも、都合のよいことに忠長は、すでに八月十五日、宮中に参内《さんだい》して従二位権大納言に昇進していたのだ。家光は、今江戸に戻ったら左大臣への昇進を棒に振ることとなるのだが、忠長は京を離れても、なんの問題もなかったのである。

「わしは帰るぞ！」

慌ただしく玄関に向かって走りだした。小姓が急いで先回りする。玄関で靴（騎乗用の毛皮の履き物）を揃えたり、馬に馬具をつけたりなど、下人や馬丁に命じて回らねばならない。

稲葉正利《まさとし》が朝倉宣正にスッと身を寄せた。

「御家老、いかが取り計らいましょう」

忠長の近臣、稲葉正利は、稲葉正勝の弟、すなわち斉藤福の実子である。しかし、スパイということでもない。賢明な斉藤福は、次子の正利には、「誠心誠意、忠長様に仕えよ」と命じてあった。万が一、家光が頓死したり、忠長に敗れたとしても、将軍家近臣としての稲葉家の血筋を保つための策を講じてあったのだ。

正利も、母親のような陰謀家ではない。気性のまっすぐな若武者である。

朝倉宣正は、困り顔で首をひねりながらも、そこは才人であるので、「道中に使番を走らせておけ」と命じた。

忠長主従が江戸へ向かって突っ走った場合、街道の宿場ごとに、糧食や宿泊の準備、替えの馬や渡し船の手配などを命じておかねばならない。周到に準備をしておかないと、街道の途中で立ち往生することになる。

稲葉正利は「はっ」と答えて、走り去った。

「さて、これからどうなる……」

朝倉宣正は、陰鬱な顔つきで呟いた。苦労人の宣正でも予想しがたい難事件の連続であった。

四

大御所秀忠は、伏見城、山里廓の茶室に閉じ籠もっていた。

「こちらでございます」

秀忠の側近中の側近で、信十郎の正体を知る数少ない人物、井上正就《いのうえまさなり》が信十郎を先導して、山里廓の茶室に案内した。

伏見城はもともと、豊臣秀吉が居城とするべく築城した城である。関ヶ原の合戦で戦場となり、いったんは落城したものの、さすがに秀吉の居城だけあって、安土桃山文化の贅《ぜい》を尽くした絢爛豪華な庭が広がっていた。

「御免くださりませ」

信十郎は一礼してから、茶室に踏み込んだ。

茶室に秀忠は一人で座っていた。

「大御所様……」

信十郎は、秀忠の顔貌を一目見るなり、絶句した。

(これが、もう間もなく大相国となられる御方のお姿なのか)

大相国、すなわち太政大臣といえば、人臣の極官である。日本国ではこれ以上偉い人物は帝しかいない。武家の身で太政大臣に就任したのは、平清盛《たいらのきよもり》や足利義満《あしかがよしみつ》、豊臣秀吉など、片手の指で数えることができるほどしかいない。

（それがどうして、こんなに窶れておわすのか）

頬はこけ、目は落ち窪み、顔色も最悪だ。まるで即身成仏を目指して穀断ちをしている行者を思わせる姿なのだ。

宮中に参内したりする際には、顔には白粉《おしろい》を塗り、頬紅や口紅をさす。血色の悪さを隠すことができるので、秀忠の心労や窶れぶりに気づく者も少ないのであろう。

秀忠は律儀者である。おのれの役目、天下の平和を維持する将軍という立場を誰よりもよく理解していて、その役目に忠実であろうと努力している。

儀式では背筋を伸ばし、一分の隙もなく端座している。その姿はさながら、将軍というおのれの立場に真剣勝負を挑む武芸者のようでもある。ほんのすこしでも隙を見せれば、か弱い秀忠は、将軍職の重さに叩きのめされてしまう。秀忠が将軍職の重責に押しつぶされれば、そのときは、天下の大乱が待っているのだ。

（大御所様……）

秀忠の窶れきった姿を見て、不覚にも信十郎は涙をこぼしそうになった。

もし、豊臣の天下がつづいていたなら、この秀忠の重責は、信十郎が背負わされていたかもしれないのだ。

世人は、徳川家は豊臣の天下を簒奪した、などと悪し様《あざま》に罵《ののし》ったりするが、冗談ではない、と信十郎は思う。

(俺には、秀忠殿と同じことはできぬ)

秀忠はある意味、信十郎の身代わりとなって、天下の重みに耐えているのだ。ありがたくて、申し訳がなくて、涙がこみあげてきそうになった。

秀忠は、信十郎を不思議そうに見つめた。

秀忠はかつて、秀吉の養子扱いだったこともある。かつての旧主の息子である信十郎には、敬語を使うことがあった。

「どうなされた、そのお顔は」

信十郎が涙を滲ませていることに気づいたのであろう。秀忠は不思議なものを見るような目つきで訊ねてきた。

「はっ」と信十郎は平伏した。

間もなく秀忠は太政大臣に就任する。涙は不吉であろう。

「大御所様が大相国とお成りあそばすと耳にいたし、それもこれも、大御所様の、天下の平穏無事を護らんとするお志を、帝が嘉《よみ》なられたからだと拝察いたし、帝と大御所様のありがたさに、それがし、胸にこみあげて来るものがございまして……」

秀忠はフッと笑った。

「波芝殿までそのような物言いを……。いつの間に世辞など覚えなされた」

「いえ、けっして世辞などでは……。それがしが手前勝手に飛び回っていられるのも、大御所様が天下をあまねく治めあそばしていればこそ。ありがたく思っているのは、真実のことにございまする」

秀忠はカラカラと笑った。

「左様さな。わしは豊臣家から天下を奪ったので、このような堅苦しい役目を強いられておるのじゃ。……そうじゃ。いっそのこと天下の権は、波芝殿にお返しいたそうかのぅ」

冗談ではない、と信十郎は思った。

もしかしたら秀忠のほうも、まんざら冗談でもなく、自分の本心を吐露したのかもしれない。

「それは御免蒙りまする。それがしが天下を治めようものなら、三日で戦国の世に逆戻り。天下の万民が迷惑いたしまする」

「それは困った。戦国の世などに戻ったら、わしの馬鹿息子たちなど、二日で首級を上げられてしまうぞ」

「いやいや、けっしてそのようなことはございませんまするまい」

家光には、なんともいえない愛嬌がある。土井利勝や松平信綱のような曲者たちが家光のために東奔西走してしまうのも、つまりは家光の愛嬌に負けてしまうからなのであろう、と信十郎は見ている。家光という男には放っておけない何かがあるのだ。もしかしたらそれこそが人徳というものなのかもしれない。

忠長は言うまでもなく麒麟児である。戦国の世になれば、信長譲りの才覚で、自ら道を切り開くに違いない。

信十郎と馬鹿話をしたせいであろうか、多少、秀忠の顔に精気が戻ってきた。

「江戸が、こんな報せを送ってよこした」

秀忠だけが読むことを許されるのであろう、密書をよこしてきた。

「それを読んで、意見を聞かせてくれぬか」

信十郎は、野人の育ちであるので物怖じもせず、言われるがままに密書を開いて一読した。

「これは……」

予想していたよりも、遙かに深刻な内容が認《したた》められていた。

「何者かが、大御台様のお命を縮めようと……」

江戸城留守居役の書状には、服部庄左衛門の添え状がつけられていた。

信十郎の許に送られた密書は、山忍びたちに奪われてしまったが、さしもの山忍びも秀忠への使いを討ち取ることはできなかったと見える。江戸城奥御殿で起こった事件の概要が書かれていた。

「大御台様まで、手にかけようとするとは」

大御所秀忠の正室で、将軍家光の生母を殺そうと謀るとは、およそ考えられない暴挙である。しかも、徳川家内部の人間が、なのだ。

信十郎の憤慨を余所《よそ》に、秀忠は疲れきった顔を横に振った。

「欲にまみれると、人は、どんな恐ろしいことでもするものなのだ」

そんな、達観した世捨て人みたいな顔つきになられても困る。

と思っていたら、秀忠がふいに視線を向けてきた。

「天下様の家というものは、おおよそそういうものなのだ。我が父の家康も、豊臣家の大老であると同時に、太閤殿下の妹婿だったではないか。身内であるべき者が、主家を乗っ取ったうえに攻め潰した。因果は巡るものだ。今は徳川家が家臣や親族の野望に振り回されておる」

そう言われると、そうかもしれない。

信十郎も、大津彦の策略にひっかけられて、菊池の里から追放された。同じことだ。

信十郎は、かえって肩の荷が下りたなどと、内心喜んでいる始末だが、徳川将軍家ともなると、そんな呑気なことは言っていられない。

「どうやら、お江与を狙った者たちは、忠長を煙たく思っている者たちであるようでな。その者たちが、忠長の命まで狙ってきたら、大事《おおごと》である」

秀忠から見れば、家光も忠長も我が子だ。どちらが徳川本宗家を継ごうと同じことである。一番困るのは、この兄弟が相争って共倒れとなることだ。さすれば、将軍職は尾張の義直か紀伊の頼宣のものとなる。

人の親としては、この将軍職を、自分の血を引いた子や孫に伝えたい、と考える。ほとんど他人も同然に育った弟などには継がせたくはない。

一方で、天下の為政者として見た場合には、我が子二人が争うことから波及する天下の大乱が恐ろしい。徳川家の御家騒動が戦国時代の引き金となってしまうことなどあってはならない。

忠長を生かしておくことこそが、天下大乱の引き金になると信じている、土井利勝や天海や斉藤福と異なるところだ。

しかしこの問題、秀忠と斉藤福たちの、どちらが正解であるのかが、誰にもわからない。

「忠長が、江戸に戻ると申しておる」

「はっ」

秀忠は窓の外に目を向けた。

「もしかしたら、お江与の一件は、忠長を我らから引き離すための策かもしれぬ」

「大御台様の危急を知らされれば、駿河大納言様は江戸に取って返す——そう見越した曲者どもが、大納言様を襲わんと街道で待ち伏せている——と、大御所様はお考えなのでございましょうか」

「そのとおりじゃ」

秀忠は居住まいを改めた。

「波芝殿。なにとぞ、我が息子の身を護ってやってくだされたい」

将軍家の大御所に手をついて頼まれてしまい、信十郎は泡を食って慌てた。

「お、お手をお上げくださいませ」

「いや、このような難事を頼めるのは、波芝殿をおいてほかになく……」

秀忠は顔を伏せたまま、辛そうに首を横に振った。

忠長が江戸に戻るというのであれば、おそらく駿河五十五万石の家臣団が行列を組んで忠長の身を護るのであろう。

しかし、この武士団が、忍び相手の戦いではまったくの無力、無策なのだ。

忍びが相手の護衛は、その道に熟達した忍びでなければ勤まらない。武士は、武士同士の戦いには慣れているが、忍びが相手となってはほとんど無力であった。

二年前、忠長が日光東照社に参詣しようとした際、駿河の家臣団は日光街道において、ほんの少数の山忍びに襲撃され、さんざんな苦戦を強いられた。忠長の首級を上げられる寸前まで追い詰められてしまったほどなのだ。

忍びは、相手の意表をついた攻撃を仕掛けてくる。その技は手品に似ている。手品の種を知らない者が見たら不可思議の連続だ。文字どおりに煙に巻かれてしまう。

しかし、どんなに巧妙な手品であっても、その仕掛けを知っている者が見れば、実はそれは、見え透いたトリックだったりするのだ。

二年前にも信十郎は、秀忠の依頼を受けて忠長救出に赴いた。信十郎としては、因縁浅からぬ忠長を護ることに異存はない。この世の中は、波風が立たず、平和に満ちていることが一番だと信じている。土井利勝や斉藤福のように、忠長が死んでしまえば世の中が平和になるはずだ、などとは考えていない。

「わかり申した。それがしで宜しければ、微力を尽くしましょう」

信十郎は頼もしげに請け合った。


(さぁて、困った……)

秀忠の前では、さも自信がありそうな顔つきで請け合った信十郎であったが、茶室を出るなり、面に困惑を浮かべさせた。

黙然と考え込みながら、伏見城山里廓の庭園を歩く。庭木はまさに紅葉が始まったばかりであったが、景色の美しさに思いをいたす余裕もなかった。

(秀忠殿の子を救うのは、これで何度目であろうか)

江戸に出てきて早々、家光と忠長の兄弟喧嘩に巻き込まれ、何がなんだかよくわからないうちに、二人を暗殺から救った。

次には越前に赴いて、陰謀渦巻く北庄《きたのしょう》城からお勝姫を救い出した。

「……お勝姫様は、今、どうしておわすかな」

ふと、お市姫譲りの美貌を思い出し、信十郎は独り語《ご》ちた。

その後も何度も、家光と忠長の命を救った。徳川という家は、あまりにも人の怨みを買いすぎている。そのうえ内部に野心家や陰謀家を抱え込みすぎてもいる。

もっとも、野心に満ちた陰謀家の家臣団が無理に無理を重ねなければ、到底、天下など取れるものではない。天下人の家が不穏であるのは致し方のないところであるのかもしれないが――、
などと考えながら歩いていると、目の前にヌウッと十兵衛が姿を現わした。

「どうなったぃ」

下々に混じって回国修行などをしているせいか、十兵衛の言葉は柄の悪い江戸弁であった。豪華絢爛な伏見城山里廓には似つかわしくない。

「俺は忠長殿を護って江戸に戻ることとなった」

十兵衛は、すこしだけ痛ましそうな目つきで信十郎を見た。

「そうかい。そいつあ……、今から苦労が忍ばれるなァ」

「まぁ、そうだろうな」

「先に言っとくが、俺ァ、御所様の傍から離れられねぇぞ」

「うむ」

十兵衛が一緒に江戸まで下ってくれれば心強いが、十兵衛はもともと家光の小姓である。家光の身辺を警護するのが役目だ。

「とにかく、城門までは送るぜ」

十兵衛の先導がないと、信十郎は曲者だと見られて勤番侍たちに追い回されることになる。

十兵衛は、我が儘勝手な若君育ちなので人を省みるということをしない。飛ぶような速さで表門まで走った。信十郎だから悠々とついていけたが、門番たちは目を丸くして、将軍家指南役の若大将と、もう一人の武芸者を見送った。

「俺の見送りはここまでだ」

息ひとつ弾ませることもなく、十兵衛は振り返った。

「忠長には忠長の護衛がいるだろうにな。ま、頑張ってくれ」

十兵衛に苦笑を向けて手を振って、信十郎は伏見城をあとにした。

町人地に出て、雑踏に紛れて歩いていると、すぐに鬼蜘蛛が身を寄せてきた。

「どないやった」

「うむ」

何から話して聞かせたものか、信十郎は迷った。迷ったので、できるだけ簡潔に伝えた。

「駿河大納言が江戸に戻られる。我らはその護り役だ」

「なんでや」

鬼蜘蛛はすかさず不満をあらわにして、下唇を突き出した。

「徳川には徳川の忍びがおるやろ。なんでわしらが出張らなあかんねん」

十兵衛にも似たようなことを言われたばかりだ。もっともな仰せである。

「徳川の忍びは、いろいろあって、信用できないのであろう」

なにしろ、服部半蔵の孫娘であるキリが、秀忠暗殺を謀ったことすらある。

忍びはもともと、『技は売っても心は売らない』を信条としてきた。金を積まれれば喜んで雇われるが、忠誠で縛られることは嫌う。おのれの腕に自信を持っている忍びほど、唯我独尊の気位が高い。

それを知っているからこそ家康は、徳川家から忍びの排除を謀ったのだが、それがこじれて忍びたちの感情を害してしまった。

忍びたちの中には、旗本・御家人の身分となって、安穏と暮らしていきたいと考えている者も、当然いる。

天海配下の山忍びたちのように、幕府ではなく、誰か個人に忠節を誓っている者たちもいる。

ようするに徳川忍軍は四分五裂の状態なのだ。どの忍びが信用できるのか、できないのか、それは秀忠にもわからない。おそらく、幕閣の首魁である土井利勝にもわからないだろう。忍びの世界の闇は、それほどまでに深い。家康ほどの大人物であるからこそ、彼らを手懐けることができたのだ。しかもその家康も、最終的には飼い犬の忍びたちに手を噛まれて死んだ。

弱小大名家だった徳川家は、戦国の世を、陰謀を逞しくさせることで生き抜いてきた。それがゆえに陰謀家揃いの家臣たちは、いざとなれば主君であっても暗殺してしまう。それが徳川のためだと信じて、殺してしまうのだ。秀忠の苦労がそこにある。頭ごなしに家臣を叱りつけることができない。

頭ごなしに家臣を掣肘《せいちゆう》しようとして、御家騒動を引き起こし、ついには滅亡した大名家は数知れない(最上《もがみ》家など)。この頃の武士は、主君に対しても平然と歯向かってくる。

(秀忠殿が信用できるのは、この俺一人しかおらぬのかもしれぬ)

旗本八万騎を擁し、天下の大名たちに号令をかける大御所秀忠も、実際には誰にも心を許すことのできない、孤独そのものの立場であったということだ。

(手を貸さぬわけにもいかぬなぁ)

信十郎は、まだ不満そうに文句を垂れる鬼蜘蛛を促して、伊賀者の隠し宿に戻った。

第六章　江戸に還る

一

八丁堀の寺院の塔頭で、宝台院は一人、夜を過ごしていた。

寺院には、僧や尼僧が居住するための庵が編まれている。新興都市の江戸であるから、寺院も庵も新しい。

しかし八丁堀は、海や干潟を埋め立てただけの場所なので、湿気が多く、あまり住み心地がよいと言える場所ではなかった。

南朝系道々外生人たちの首魁である宝台院が、こんな僻地の塔頭寺院に住み暮らしていようとは。「いずれ南朝の復興がなった暁には、堂々と京に乗り込んでくれるのだ」などと意気込んではいるが、それでもやはり、鬱々と心の晴れぬ日々ではあった。

宝台院は、ふと、何者かの気配を感じて顔を上げた。その瞬間、部屋の四隅に置いてあった燭台が、ボッと炎を噴き上げた。

「火鬼か」

宝台院は扉に向かって声をかけた。扉の外で何者かがうずくまっている気配がした。

「さすがは宝台院様。よくぞお見抜きなされた」

火鬼がまんざらお世辞でもない口調で言う。

「愚か者め。妾は目が見えぬ。炎と闇を使っての目眩ましなど、なんの意味ももたぬぞ」

宝台院はかたわらの机に置いてあった舞楽面を取って、顔に掛けた。

宝台院が扉のほうに向き直ると、扉が音もなく開いた。いつの間にかやってきた蓮青尼が外から扉を開いたのだ。

階《きざはし》の下の地べたに、火鬼がうずくまって低頭している。

「我ら、ご下命に従い、大御台様に致命の毒を飼ってまいりましてございまする」

お江与を仕留めたのは隠形鬼であるが、キリに斬りつけられて怪我を負っている。代わりに火鬼が報告にきた。

四鬼たち山忍びは、天海・斉藤福の命を受けて忠長抹殺に動いているが、その一方で宝台院の命を受けて、お江与抹殺にも動いたのだ。

「うむ」

宝台院は満足そうに頷いた。神楽面の下から覗いた唇が、ニヤリと綻んだ。

「大儀であった。して、お江与めはいつ死ぬ？」

「ハッ、毒はこれより全身を巡り、五臓を腐らせ、ついには心ノ臓に達しまする。おそらく、あと数日の命か、と」

「でかした！」

宝台院はポンッと膝を叩いた。

ここ数年ほどのあいだ宝台院は、さまざまな陰謀を巡らせてきたのであるが、なぜか、そのほとんどが失敗した。しかし、今回ばかりは首尾よく事が運んで狙いどおりに、お江与を仕留めることができたようだ。

「やはり、秀忠が江戸を離れた隙を突いたのがよかったか」

「ハッ、大御所様はもちろんのこと、おもだった人士が京畿に赴いていた、それこそが我らの好機にございました」

「うむ、やはりな。……つまりは、これまでの邪魔だても、すべて秀忠の策謀か」

実の子でありながら、宝台院の思惑をこっそりと邪魔していたらしい。

「秀忠め！」

南朝勢力に担ぎ上げられたからこそ、将軍の座に就くことができたというのに、なんという恩知らずか。

そもそも秀忠は、自他ともに認める凡人である。二人の兄、信康・秀康のような英雄気質でもないし、弟の忠輝・義直・頼宣のような麒麟児《きりんじ》でもない。誰もが将軍職就任を危ぶんでいたような男なのだが、宝台院と徳川南朝勢力の推戴によって、将軍になることができたのだ。

と、そこまで述懐して、宝台院は「しかし……」と思いなおした。

母の目で見ても凡夫としか思えなかった秀忠が、徳川南朝勢力の陰謀を、何度も退けてきたのだ。実母の宝台院でも予想がつかないほどに、逞しい奸雄として成長を遂げていたらしい。

（ふん。やはり妾《わらわ》の血を引いた男《おのこ》ということか。そこは認めてやらぬでもない）

天下の統率者なのであるから、そのぐらいの手腕は発揮してもらわねばかえって困る。

などと宝台院は、政敵として憎むべきところを母親として可愛く感じてしまったりもした。

火鬼は、宝台院の思いには気づかず、淡々と報告した。

「大御台様には、服部半蔵がついておりました」

「フン。半蔵家め、今度はお江与に乗り換えたか」

「服部半蔵家も、一度は滅びた家。いかな半蔵を以てしても、独力では、我らの策を破ることはできませぬ」

宝台院は、神楽面の下で目を光らせた。

「あの男は……」

「あの男、とは?」

火鬼には「あの男」で通じたのだが、故意に返答をはぐらかしたような気配があった。宝台院は念を入れて訊ね直した。

「あの男だ。服部半蔵と手を組んでおる。左様、菊池彦じゃ」

宝台院は、出家する以前は西郷局と呼ばれていた。西郷家から徳川家に輿入れした女だったからである。

西郷一族は、九州一帯に広がっている名族で、肥後の菊池の分家にあたる。つまり宝台院は菊池一族、本来なら菊池彦である信十郎を、族長と崇めねばならぬ立場だ。

もっとも、菊池彦が九州に地方王朝を開いていたのは遠い昔、邪馬台国《やまたいこく》の卑弥呼《ひみこ》が魏《ぎ》に朝貢していた頃の話である。

火鬼は、渋々と答えた。

「かの者は、おそらく……」

「おそらく？」

「駿河大納言様を護って、江戸に舞い戻ってまいりましょう」

「忠長をか」

「ハッ。大御台の危篤を知った大納言様は、居ても立ってもいられず、江戸に帰ってくるはず――というのが、天海僧正の〝読み〟でございまする」

宝台院より受けたお江与抹殺の結果を、天海より受けた忠長抹殺の計画にも利用するわけである。

「たしかにの。忠長のことだ。必ずや、お江与の許に戻って来ような」

「その道中、警護の手薄になった大納言様を我らが襲いまする」

二年前の日光道中で襲ったときとは話が違う。あのときは、少人数ながら駿河家は武装したうえに隊列まで組んでいた。しかし、今回の忠長は、近臣のみを率いただけで、街道を突っ走ってくるはずだ。

「なるほど、忠長を討つのはたやすい」

宝台院はそう呟いて、少しばかり表情を曇らせた。といって、外から見えるのは口元だけだが。

宝台院にとっては、忠長も血を分けた孫である。見殺しにするのは心が痛む。

宝台院の力を以てすれば、忠長を護ってやることなどわけもない。

(しかし、忠長めにはキリシタンがついておる……)

二十万とも三十万とも、あるいは七十万ともいわれる潜伏キリシタンたちが、忠長を盟主として担ぎ上げようとしている。南朝の皇室を尊崇する宝台院にとっては、とうてい看過できる話ではない。

(我が孫ならばこそ、身贔屓《みびいき》はできぬ、か……)

天海が孫を殺す様を、黙って見ていなければならない。さしもの宝台院としても、心の痛む話であった。

二

忠長の一行が東海道を走っていく。忠長の肥馬を先頭にして、宿場を次々と突破した。

京には、徳川の旗本・御家人はもちろんのこと、全国津々浦々の大名が家臣を引き連れて参集している。彼らの食料を運び込むだけでも大難事で、街道には荷車が数珠繋がりになっていた。

それらの荷車や車引きたちを蹴散らすようにしながら、忠長主従は走りつづけた。

一行は、京を発つとき、東海道を進むべきか、中山道を進むべきかで迷った。東海道は海沿いの開けた平野に伸びている。馬を走らせるのには好都合な大道なのだが、大雨に祟られると河川で立ち往生させられてしまう。

忠長は、「自分は秀忠の息子で、駿河大納言なのだから、無理にでも渡船など出させればよい」と主張したのだが、「そうはまいりませぬ」と家臣たちに諭されてしまった。

この時代、いったん川留めとなったら、幕府の公文書を運ぶ飛脚でさえとめられてしまう。増水した大河を渡し船などで無理に渡ったら、確実に遭難してしまうからだ。それなら海船を仕立てればよい、と忠長は強弁した。が、川留めになるのは悪天候のときであり、当然海も荒れている。船乗りでさえ入り江に避難するほどなのだ。そんな荒海に駿河大納言を送り出すことはできない。

ならば、中山道を進むべきか。

中山道は峠や谷の連続する難所だが、実は、悪天候には強い。雨をものともせずに歩いてさえいけば、確実に目的地に着ける。日程の予定が立てやすいのだ。

そのような議論がなされて、いったんは、中山道に決定しかけたのであるが、そこへ信十郎が乗り込んできた。


忠長の一行は、京都所司代屋敷の前に集まっていた。道中奉行の手形を待っていたのである。

当然、忠長は焦燥感を募らせている。一刻も早く母の許に帰りたい。

忠長は、自分さえ江戸に戻ればお江与の病は癒えるものと信じていた気配がある。この母と息子の紐帯《ちゆうたい》は、信仰に近いほどの強い絆で結ばれていたのだ。

「ええい、ならば中山道で構わぬッ！　中山道の道中手形を出させよ！」

手形がないことには宿場を使うことができない。乗り換えの馬や、食事や宿が使えなくては旅はできない。

そんな混乱の最中、信十郎が馬に跨がってやってきた。

「これは」

と、目敏《めざと》く気がついたのは朝倉宣正である。駿河五十五万石の主従ともあろう者たちが、所司代屋敷の玄関前の広場で、喧々囂々《けんけんごうごう》とやっていたのだ。

「おう、波芝ではないか」

忠長も声をかけてきた。信十郎の顔と名前をきちんと記憶している。

もっとも、信十郎が忠長の前に出現するのは、きまって忠長が絶体絶命の危機に陥っているときだ。二度も命を救われたのだ。忘れようとも忘れられない顔と名前であったろう。

「大納言様、それがし、ご加勢に参じました」

信十郎は馬から降りて、折り目正しく挨拶した。忠長は「ウム」と大きく頷いた。

「父より命じられてまいったのか。大儀である」

忠長も信十郎のことを、秀忠の近臣なのだと信じている。

忠長はすこしだけ機嫌を治した気配だ。信十郎のことを多少なりとも気に入っているからであろう。

機嫌の治ったところで、すかさず信十郎は進言した。

「帰路は、是非とも、東海道をお進みくださいますよう」

忠長主従の議論は、外の通りにまで聞こえていたのだ。なにしろ忠長は声が大きい。

中山道を進む、という議論に固まりかけていたところを、いきなりひっくり返されて、駿河の家臣たちは不服そうな顔をした。

しかし、信十郎は大御所秀忠が送りつけてきた者である。その発言をないがしろにはできない。

一同を代表して忠長が訊ねた。

「なぜじゃ。存念を申せ」

「往々にしてこのようなときには、思いも寄らぬ陥穽《かんせい》が待ち構えているものでございまする。中山道は険所つづき。剣呑《けんのん》にございまする。一方、東海道には、譜代の大名衆の御領地が連なっておりまする。遠駿の両国にいたっては、大納言様の御領地にございまする」

忠長主従の顔色が変わった。

「またもや、曲者どもが、わしを狙ってくると申すか」

「その御懸念もなしとは申せませぬ」

信十郎は、お江与の病は忠長を、秀忠・家光から引き離すための策略だと見て取っている。

忠長は知能の明晰な若者だ。信十郎の物言いは思わせぶりなものであったが、言わんとしていることはすべて飲み込んだ。

「あいわかった！　大事《だいじ》を取って、我が領内を進むことといたそうぞ」

それに、領内であれば多少の無理も利く。街道沿いに住む人々を徴用したり、馬匹や食料を供出させることもできる。

九月十一日、忠長は江戸を目指して出京した。


忠長主従はひたすらに鞭を入れつづけた。

最初に乗っていた馬は、近江国の中程で乗り潰してしまった。彼らが今、跨がっているのは宿場で借りた馬である。

大名の旅（大名行列）というものは、普通、自前の馬を使用する。宿場には伝馬が用意されているが、それは本来荷物を運ぶための馬だ。体力はあるが足は遅い。見た目や毛並みも悪い。駿河五十五万石の大名が乗るべき馬ではない。

しかし今は、見てくれにかまっているときではない。替えの馬があるなら御の字で、なかにはどうしても馬が足りなくて、宿場に置き去りにされてしまった家臣までいた。

（これはまずいな……）

信十郎は表情を曇らせた。

ただでさえ少ない忠長の家臣たちが、一人、また一人と脱落していく。

宿場で借りた馬も、一番体格のよい、元気のよい馬が忠長にあてがわれる。当然だが、忠長が駄馬に乗ることはない。

その忠長が気の急《せ》くままに鞭を入れ、馬腹を蹴るものだから、駄馬をあてがわれた家臣たちは、まったく追いつくことができない。

また、馬術の上手下手、体力の有る無しも関わってくる。朝倉宣正のような老臣は、忠長の若さについていくことができない。

かくしてどんどん、忠長の従者の数が減っていく。

(これではまずい)

と案じているのは、忠長の近臣たちも同じであるようだ。

「殿ッ、今しばらく、お待ちを」

青木《あおき》勝五郎《かつごろう》という近臣が、巧みに馬を寄せてきて、忠長に声をかけた。

「あまり急がれては、殿のお身体にも障《さわ》りまする」

しかし忠長は手綱を緩めようとはしない。目を血走らせ、歯を食いしばって、馬を走らせつづける。

「殿！　もはや供揃いは我らのみ！　あとにつづく者を待たねば……」

青木勝五郎は全力で馬を走らせながら、忠長を窘《たしな》めた。まだ若いが、見事な馬術である。信十郎はすこしばかり感心した。

勝五郎が〝我らのみ〟と表現したお供の数は、ざっと十数名にまで減っている。

それでも忠長は馬の速度を落とそうとはしない。忠長にとってお江与は最大の後ろ楯だ。守護神である。家光が将軍職を退いたとき、お江与が存命であれば、間違いなく忠長が将軍職を継ぐことになる。しかし、お江与の後押しがなくなったら、忠長はきわめて頼りない身の上になってしまう。

忠長の思いはひとつ。お江与の病室に侍《はべ》って、誠心誠意、看病をすることだ。自分が看病すれば、必ずや母親は快方に向かうと信じていた。

しかし、そのために忠長本人が過労で倒れたり、警護が手薄になった隙を突かれて暗殺されたりしたら元も子もない。

今度は矢崎二郎八《やざきじろうはち》という男が馬を寄せてきて叫んだ。

「このようなありさま、とてものこと、駿河五十五万石の供揃いとは申せませぬ！　権大納言卿の行列とも思えませぬ！　街道筋の者どもに指を差されて笑われまするぞ！　なにとぞ、ご自重を！」

「ぬうっ！」

忠長が怒りの眼差しを矢崎に据えた。まさに憤怒の形相だ。

今の言葉はかなり利いたようだ。忠長は、生まれたときからチヤホヤされ、他人の注視を浴びて育ったので、他人に自分がどう見られているのかをいたく気にする。

忠長は手綱を引いて、馬をとめた。

矢崎二郎八と青木勝五郎も馬をとめる。つづいて信十郎が馬首を寄せて、青木たちと三人で忠長を前後から守る体勢を取った。

つづいて、ヒイヒイと喘ぎながら、忠長の家臣団が追いついてきた。野中の街道で集まって、忠長を中心に陣形を組んだ。

しかしながら、騎馬武者だけのお供で、その全員が疲労しきっている。敵の襲撃を受けた場合には、心もとない集団であった。

敵が突進してきた場合、先制攻撃でその鋭鋒を挫《くじ》くのは鉄砲と弓矢だ。そして敵の突入を受けたとき、楯となって押し返すのは槍を持った徒《かち》武者の役目だ。

騎馬武者は、敵を襲撃したり、追撃したりする際に威力を発揮するが、防御戦にはまったく向いていない。

しかし、鉄砲足軽や槍を担いだ雑兵などを従えていたら、江戸に帰り着くまでに半月近くかかってしまう。また、それだけの人数を急遽受け入れるだけの用意が宿場にはない。

信十郎は遠くの山並みを見つめた。

「もう間もなく、遠江にございまする」

二川《ふたがわ》の宿を抜ければすぐに遠江との国境《くにざかい》だ。そこは忠長の領国である。領国に入れば、新たな供揃いや、強健な軍馬を用意できることであろう。

信十郎は、満面に汗をしたたらせた忠長の、険しい顔を見つめた。

（……忠長殿の暴走が、功を奏したのかもしれぬ）

まさかここまで凄まじい速さで移動しようとは、信十郎も予想していなかったし、おそらく、忠長の命をつけ狙う者たちも、想像していなかったに違いない。忠長を待ち伏せるための仕掛けが用意されていたのかもしれないが、それらの準備が整うより先に、忠長が通り抜けてしまったのかもしれなかった。

（信長公も、神速を誇ったと聞くが）

攻めるのも速いが逃げるのも速い。秀吉に言わせると、負け戦とわかったら単騎で逃げてしまうのだという。信長はその生涯で何度も負け戦を経験したが、逃げる信長を捕捉できた敵はいなかった。明智光秀《あけちみつひで》は信長に逃げられないように、本能寺を取り囲んでから攻撃を開始した。

とはいえ忠長を狙う敵は忍びである。忠長の領国にも大勢忍び込んでいることであろう。油断はならない。

油断はならないが、やはり、心のどこかで油断をしてしまうのが、人間というものだ。忠長の家臣たちは殊更に安堵の表情を浮かべていた。


忠長は、夜を日に継いで走りつづけた。途中、何度か供揃いが交代された。新たにつけられた家臣たちが、泥だらけで旅してきた者たちと入れ代わった。

信十郎は、忠長の好意で見事な馬をあてがわれた。また、京からのお供で巧みな馬術と疲れ知らずの肉体を見せつけた青木勝五郎と矢崎二郎八も、引きつづいての供を志願して、許された。

特別な能力を持った者は、非常時にその能力を見せつける。青木と矢崎は、まさにそうやって、忠長の目にとまったのだ。

一行は、夜も昼もなく走りつづけた。忠長一行に先立って、使番が街道を疾駆している。領内の街道には忠長の通行に差し障りの出ないよう、道の両脇で篝火が焚かれていた。河川には橋が仮設され、それがままならない場合には馬を渡せる大きな渡船が用意されていた。

駿河は徳川家康の隠居領で、家康が集めた官僚集団の何割かが、忠長の家臣団に吸収されている。甲斐には武田家の遺臣も残っている。大井川に橋を架けたときの手際からもわかるように、どちらも傑出して有能な役人たちだ。

これは駿河五十五万石をあげての〝戦い〟である。大身の家臣から領民まで、全員が泥だらけになって励んでいた。

忠長は、おのれの居城である駿府城の前を素通りした。家臣たちは主君を迎えるため、湯を湧かし、美酒と美食を用意して待っていたのであるが、忠長とすれば、それどころではない、という心境であったのだ。

信十郎も、青木も矢崎も、休むことができない。忠長の馬を護って駿府城下を駆け抜ける。駿府城から加わった供の一団が、土煙をあげながらあとにつづいた。

信十郎は、敵が襲ってくるとしたら、それは箱根の山中だ、と考えていた。箱根の山道は険しく細い。また、見通しも悪い。巨木や岩の影に身を潜めて、鉄砲や矢を放てば、容易に忠長を仕留めることができる。

信十郎は青木勝五郎を呼んだ。青木は馬を巧みに操って、信十郎と並走した。

「お呼びにございまするか」

信十郎の正体を知らない青木は、信十郎のことを、大御所の近臣の大身旗本だと思い込んでいる。馬を走らせながら鐙《あぶみ》から両足を外して、敬譲の態を現わした。疾走しながら鐙を外すとは、やはり、並々ならぬ馬術の達者である。

信十郎は青木に提案した。

「いかに大納言様とはいえども、箱根の山越えは御身に堪えよう。三島にて一泊するように、青木殿から言上なされよ」

青木勝五郎は、この道中の活躍で、忠長の覚えが一段とめでたくなっている。青木の進言なら聞き入れるだろう、と信十郎は考えたのだ。

「心得申しました」

信十郎を大身旗本だと信じている青木勝五郎は、恐懼しながら走り去っていった。

箱根の山が、次第に大きく迫ってくる。信十郎は（さて、どうやって曲者を撃退したものか）と、考え込んだ。

三

駿河府中（駿府城下）を抜けた一行は、江尻《えじり》、興津《おきつ》、由比《ゆい》、蒲原《かんばら》と順調に宿場を通過していった。

忠長は気力と体力を振り絞って走りつづけた。

吉原宿を過ぎたあたりで、次第に夕闇が濃くなってきた。街道沿いには松明や篝火が用意されているが、やはり、夜道を馬で走るのは危険であった。

青木と矢崎が忠長に進言した。

「殿、次の宿場でお休みになりませぬか」

夜道を走る難しさもさることながら、忠長の命を狙う曲者への対処も必要だ。暗闇の中を移動しつづけるのは問題が多すぎる。

次の宿場は原だ。蒲原宿と原宿のあいだは三里弱（約十一キロ）。馬の疾走する速度は時速四里（十六キロ）ぐらいであるので、半刻もかからずに行き着ける。日暮れ前には到着できるはずだ。

しかし、忠長は三島に泊まることにこだわった。

「原から三島までは三里もないぞ！　家中の用意もある。先に予定したとおり、三島まで進むのだ」

わずかな距離でも、江戸に近づきたいようだ。忠長は言いだしたらきかない性格だし、今は母を思う心でいっぱいだ。うっかり抗弁などしたら、手討ちにされてしまいかねない。

青木と矢崎は黙って引き下がった。

原と三島のあいだは、たしかに三里ほどしかない。この時代の旅人は、徒歩でも一日十里は歩く。それを思えばなんということもない距離であるのだが、しかし、原と三島のあいだには、さらに、沼津という宿場が置かれていた。なぜならば、そこには、狩野川《かのがわ》、黄瀬川《きせがわ》という川が立ちはだかっていたからである。


東海道は沼津の宿場で狩野川の川岸にぶつかる。狩野川は宿場近くで大きく蛇行している。東海道は川に沿って曲がりくねりながら東へ進んで、最後に黄瀬川を渡る。黄瀬川を挟んで西側には潮音寺《ちょうおんじ》があり、東側には長沢八幡宮がある。長沢八幡宮は平泉を出発した義経が、初めて頼朝と対面した場所だ。

潮音寺は、その頼朝を仇と狙った曽我兄弟に縁の寺で、亀鶴《かめづる》観音を祀っている。どちらも鎌倉時代からつづく古刹《こさつ》であった。

二つの寺社に挟まれた黄瀬川には木の橋が架けられている。参詣者も多く、寺社が自前で管理するので、手入れや補強は行き届いているようだ。

日も暮れて、さすがの忠長も馬の速度を抑えた。まして門前町である。神仏への遠慮もある。鳥居や参道の前を全速力で横切ったりしたら罰が当たる。

（南無《なむ》帰命頂礼《きみようちようらい》亀鶴観世音菩薩、なにとぞ我が母を守りたまえ）

忠長は深く頭を垂れながら、黄瀬川の橋へと向かった。

忠長が馬の足を緩めたおかげで、お供の者たちも忠長に追いつくことができた。数十名ほどの列を作って静々と、門前を通りすぎていった。

信十郎も忠長の後ろから、黄瀬川の橋を眺めた。

橋を渡れば長沢八幡宮の門前町となる。八幡宮の前を過ぎればもうそこは三島の宿だ。

忠長は馬上、橋に乗り入れた。馬蹄が橋板を踏んで、ガタガタと大きな音をたてた。

橋とは端であり、この世の端、境界を意味している。橋はこの世とあの世をつないでいる。死後の世界を彼岸というが、向こう岸はまさに異界。あの世と同じ魔所なのであった。

夜霧がたなびいている。陽が落ちて気温が急激に下がり、黄瀬川の川面から霧が立ちのぼりはじめた。

橋の彼方に見えていた三島宿の明りが、ぼんやりと霞んで、やがてまったく見えなくなった。

「殿」

不安げに声をあげたのは、青木勝五郎か、それとも矢崎二郎八であったろうか。先頭をゆく忠長の後ろ姿が、濃い霧の中に溶け込むように消えていく。

信十郎はハッとした。

「いかん！」

罠の気配を感じる。信十郎は馬腹を蹴って前に出た。信十郎の馬は木橋をけたたましく踏み鳴らしながら走りだした。

「大納言様！」

忠長の脇を追い越しざま、腕を伸ばして忠長の馬の轡を握った。そのままグイグイと引っ張る。忠長の馬は驚いて嘶《いなな》いたが、信十郎に引っ張られるがままに走りだした。

「波芝！　なんとしたッ」

馬に跨がっている忠長も驚いている。青木と矢崎も慌てて馬を寄せてきた。

その直後、真っ暗な夜空を光が走った。まるで巨大な流星のように見えた。

「火矢でござる！」

信十郎は忠長に身を伏せるように促しながら、急いで向こう岸にまで渡らせた。

火矢は黄瀬川の橋に突き刺さった。その瞬間、信十郎と忠長たちの背後で、凄まじい轟音が響き渡った。

「なんと！」

忠長が仰天して目を見開く。黄瀬川の橋が一瞬にして、炎上してしまったのだ。

信十郎は唇を噛んだ。この凄まじい燃え方は、ただの付け火などではありえない。

(火鬼か！)

火を操る忍びの仕業だとしか考えられない。

「これはいったい……」

忠長と、青木と矢崎は、呆然として声も失くしている。

「敵襲でござる！」

信十郎は叫んだ。叫んだけれども、忠長のお供のほとんどは、橋の向こう岸に取り残されていた。燃え上がった橋を渡って来れる者はいない。たとえ本人が炎も恐れぬ猛者だったとしても、馬が言うことをきかない。

「殿ッ、三島の宿へ！」

青木勝五郎が叫んだ。三島には、駿河家中の宿場役人たちが忠長の到着を待っているはずだ。

普段は豪気な忠長も、恐怖に身体をこわばらせている。

矢崎二郎八も叫ぶ。

「殿ッ、急ぎ宿場へ……！」

青木と矢崎が忠長の馬を挟んで、宿場へ走りだそうとした。信十郎はハッとした。

「いや、待て！」

山忍びたちは橋を落として忠長の退路を絶った。当然、忠長が宿場に逃げ込むことを予見しているはずだ。

「宿場へ向かってはまずい！」

信十郎は急いで忠長の前に出て、忠長主従を押しとどめた。

「進んではなりませぬ！　みすみす罠に飛び込むようなものです」

忠長が青い顔で怒鳴り返した。

「では、どうするッ」

信十郎が答えようとしたそのとき、

「キキッ」と、闇の中から奇怪な声が聞こえてきた。

「なんだ……？」

青木がビクッと身体を震わせた。

「ま、ましら、か？」

矢崎が腰の刀に手をかけながら言った。

闇の中から突如として出現したのは、赤い猿面をかけた十数人ほどの不気味な集団であった。全身に毛を生やした不思議な装束をつけている。矢崎が見て取ったように、それはまさしく、ましら（大猿）の扮装であった。

言うまでもなく、猿に扮装した人間である。

「敵か！」

忠長も刀を抜いた。信十郎も金剛盛高を抜いて構える。

（しかし、いったいなぜ、猿の姿など……）

と、思ったそのとき、猿面をつけた先頭の大男が、面の下からくぐもった声で挨拶をよこしてきた。

「我らは浅間《せんげん》権現社にお仕えする神獣。駿河大納言、浅間権現の神罰である。その命、頂戴する」

あくまでも人ではない、という格好で、ましらたちはトンボをきりながら、忠長主従と信十郎に迫ってきた。

駿河大納言を暗殺するとなると、さすがに騒動が大きくなる。だから神獣の猿に扮して、神罰を装って忠長を殺そうという腹なのか。

あるいは、本当に、浅間権現に仕える神人（下級神職）なのかもしれない。浅間権現社は駿河で大きな権力を持っていた。しかし、忠長は進取の気性に富んだ若者だ。中世の宗教権威には目もくれず、新儀（改革）の政治を押し通そうとしている。

忠長の統治を快く思わぬ神人たちが、天海の山法師に協力をしているのかもしれなかった。

ヒュッと、風を切る音がした。

信十郎は金剛盛高を一閃させて、忠長めがけて投げつけられた手裏剣を打ち払った。

「大納言様を中央に！」

青木と矢崎の武芸がどれほどのものかはわからない。しかし今はこの三人で斬り防ぐよりほかにない。

「キエーッ！」

猿そっくりな叫びをあげて、ましらが襲いかかってきた。と見るや、その曲者は腰をかがめて台になる。真後ろにいた別のましらがその背中を踏み台にして飛び上がった。

「シャーッ！」

恐るべき跳躍力で、馬上の信十郎より高い位置から斬りつけてきた。

変幻自在でケレンに満ちた攻撃だ。並の武士なら意表を突かれてしまっただろう。

しかし、信十郎は忍びであった。そして漂泊の遊行民との関わりも持っていた。このましらの体術は猿楽の舞踊や神楽舞に似ている。以前、これと同じ動きをどこかで見た記憶があった。

「ダーッ！」

信十郎はましらの胴体めがけて斬りつけた。ましらは空中で斬撃を受け、空中だから避けることもできずに、深々と斬りたてられた。

「ぎゃあッ！」

ドウッと地面に転落する。ビクビクッと身体を震わせていたが、実質的には即死であった。

「馬から降りられませ！」

馬に乗っていては手裏剣のよい的だ。咄嗟に身を屈めることもできない。信十郎は忠長たち三人を馬から下ろさせた。そして彼らの馬を、ましらたちめがけて放った。

馬の尻肉を浅く切る。驚いた馬が凄まじい勢いで走りだし、ましらたちの中に突っ込んだ。

「ギャッ!」

馬に撥ねられて、ましらが数人、なぎ倒された。その混乱を突いて、一人だけ馬に跨がったままの信十郎が、馬腹を蹴って突進した。

「ヤーッ!」

馬上からの片手斬りで次々とましらを斬り倒す。馬の突進で混乱していたましらたちは満足に迎え撃つこともできない。

背後でも、盛んに斬り結ぶ音がする。信十郎の突進を遣り過ごして忠長主従のほうへ回り込んだましらたちが、青木や矢崎と斬り結びはじめたのだ。刀と刀で打ち合って、金属音を響かせている。

一見したところ窮地であるが、青木と矢崎は相当以上の武芸者であった。京から休むことなくつづいた忠長の激走について来れたのは、厳しい稽古で鍛えた肉体があったからこそだったのだ。

「ヤーーッ!」

青木勝五郎が渾身の斬撃を繰り出す。ましらは猿面ごと頭を砕かれた。

反対側でも矢崎二郎八が、巧みな剣技でましらの片腕を斬り落とした。作り物の毛を生やした腕が地面に転がった。

忠長一行の思わぬ奮戦に、ましらたちが動揺している。頭《かしら》と見られる大猿が、タジタジと後退した。

と、そのとき。

街道の闇の中に突然として、巨大な炎が噴き上がった。

(来たな)

火鬼のめくらましを予見していた信十郎は、急いで袖で目を護った。つづいて青木たちに叫んだ。

「炎を見てはならぬ！」

しかしすでに遅く、青木と矢崎は盛んに目を瞬かせている。炎の眩しさで視界を塞がれてしまった様子だ。

「ふふふふふ……」

炎を楯にして、より暗く見える闇の中から、火鬼の笑い声が聞こえてきた。

「そのような、つまらぬ者を護って何になる。愚かな男よ……」

豊臣の子でありながら徳川に与《くみ》する信十郎に対して言ったのであろうが、青木と矢崎のほうが激昂した。

「大納言様をつまらぬ者とは、無礼な！」

青木も矢崎も、その声の主こそがこの集団の頭目であると気づいたようだ。刀を構え直して、声のするほうに突進した。

だが、

「ギャッ」

二人の目の前に、突如として火柱が立ちのぼった。

（やはり……）

と、信十郎は思った。あのとき、宿場のほうへ逃げていたら、火鬼が仕掛けた可燃物の中に突っ込んでいたのであろう。丸焼けとなっていたところであったのだ。忠長は丸焼けとなっていたところであったのだ。青木と矢崎はほうほうの態で後退した。信十郎も馬首を巡らせて、馬体で忠長を隠した。

火鬼の嘲笑う声がした。

「ふん、無駄よ。この闇と炎。お前たちにはこのわしの、姿を見ることすら叶わぬのだ」

自身満々の口調である。信十郎は、フッ、と笑った。

それに気づいた火鬼が、憤激して叫んだ。

「何が可笑しい⁉」

「うむ。そなた、四の五のと御託を並べておらずに、とっととこちらを仕留めにかかっておれば、あるいは、勝てたかもしれぬのにな」

「何を言う！」

信十郎は、馬にくくりつけてきた革袋を取った。そしてその革袋を遠くに投げた。革袋は地面に叩きつけられ、中身の液体をぶちまけた。

そのとき、どこからか火縄のついた手裏剣が投じられ、地面に撒かれた液体に突き刺さった。

ブワッ、と、巨大な炎が噴き上がった。

「これは……！　臭水！」

驚き慌てる火鬼の姿が闇の中に浮かび上がる。炎の陰に身を潜め、姿を隠していた忍びも、他人が放った炎までは、操ることができなかったのだ。

信十郎は馬から飛び下りた。そして、炎を踏み越えながら火鬼に突進した。

「あっ」

火鬼が慌てて身を転じようとする。金剛盛高の一閃が、その背中を切り裂いた。

「はうっ！」

火鬼の身体が仰《の》け反《ぞ》る。首をよじって信十郎を睨みつけた。

「おのれ……！」

その顔が、一瞬、ニヤリと笑った。信十郎はハッとした。

とてつもなく巨大な炎が、火鬼の全身から噴き上がった。

信十郎は慌てて飛び退いて、地面に転がった。

「信十郎ッ！」

鬼蜘蛛が走ってくる。

「大丈夫か」

「ああ……」

信十郎は、鬼蜘蛛の手を借りながら立ち上がった。着物の袖が煙を上げている。鬼蜘蛛が地面の土を摑み取り、擦りつけて揉み消した。

「遅かったではないか」

信十郎がそう言うと、鬼蜘蛛は不満そうに下唇を突き出した。

「あの殿様が、先走りすぎるからや。伊賀者の手と馬を借りて脇街道を進んできたが、追いつくのにえらい苦労をさせられたで」

「それは大儀だったな。それに、あの臭水も役に立った」

「そうやろ。臭水を手に入れるのにも苦労をさせられたで」

火鬼に対するには、火鬼の操る炎よりも、もっと大きな炎が必要だ。と、見抜いた鬼蜘蛛は、この上洛に先立って、越後から臭水を取り寄せていたのである。また、火縄つきの手裏剣を投げたのも鬼蜘蛛であった。

「おかげで、忠長殿もご無事のようだ」

「それは結構なこっちゃな」

何が不満なのか、鬼蜘蛛はブツブツ言いながら、闇の中に消えていった。

忠長主従は三島の宿に入った。ようやく黄瀬川を渡った家臣たちと宿場役人が、忠長が入った本陣を十重二十重に取り囲んだ。

四

翌朝、忠長は空の白むと同時に本陣から飛び出してきた。

昨夜はろくろく眠ってもいないに違いない。目は真っ赤に血走り、頬は青黒くこけて、なんとも壮絶な顔つきだ。

しかし、ここまで来て引き下がるわけにはいかない。

「いざ出立じゃ！」

信長譲りの甲高い怒声を張りあげて、馬の鞍に飛び乗った。

信十郎も馬に跨がる。信十郎は忍びとして鍛えられているので、強行軍にも耐えられたが、しかし、若君育ちであるはずの忠長の、思いも寄らぬ気力と胆力には驚かされた。

(これが、信長公の血なのであろうか)

また、青木勝五郎と矢崎二郎八の体力も瞠目すべきものだ。わずかな眠りで元気を取り戻している。

(忠長殿は、よい家臣を持ったものだ)

などと考えた。

(と、それはさておき……)

これからが今回の旅路の、最大の難所である。一気に箱根峠まで駆け登らねばならない。

箱根峠は東海道の最高点である。標高は八百四十六メートル。臼転坂《うすころばしざか》、大時雨《おおしぐれ》坂《ざか》、小時雨坂《こしぐれざか》、こわめし坂、かみなり坂、小枯木坂《こかれきざか》、大枯木坂《おおかれきざか》、石原坂《いしわらざか》、甲石坂《かぶといしざか》と、急坂が断続的に連なっている。

山道であるので道は細く険しい。逆に山忍びにとってはきわめて好都合な地形だ。

（いかにしたものか）

と、思い悩んでいるうちに、忠長が進発してしまった。

今日は、昨夜の失敗に懲りて、屈強な武士を先行させている。しかし、山道はあくまでも細く、場所によっては、人ひとりがやっと通れるだけの道幅しかない。そこを狙って襲撃されたら、忠長と忍びの一対一の戦いとなってしまう。

とはいえ「江戸に向かうのは取りやめにしましょう」と進言して、聞き入れる忠長ではない。それに信十郎も、忠長の覇気と根性に引きずられ、この若君を是非とも江戸まで送り届けてやりたい、と思うようになっている。

忠長一行は第一番目の坂、臼転坂を登りはじめた。駿河湾沿いの開けた平地に面していた東海道の眺望が、急に、深い木立によって遮られた。

（いよいよ箱根か）

古来、山を支配していたのは人ではない。山ノ神や天狗、山怪だ。そして、天海配下の山忍びのような、異能者たちが山の支配者だったのである。忠長たちは敵の陣地に乗り込んでいくようなものなのだ。

（いざとなれば、俺が楯となるしかあるまい）

信十郎は覚悟を決めた。細い道を進む際には、信十郎が忠長の直前に出る。背後は青木と矢崎に護らせる。この策で押し進むしかなさそうだ。

と、思っていたら、行列の先のほうから、なにやら騒がしい気配が伝わってきた。忠長の行列の、先触れの者が喚き散らしている様子だ。

「なんでしょう？」

青木が信十郎に目を向けて訊ねた。そんなことを聞かれても答えられるはずもない。

信十郎は、馬上で首を伸ばして前方に目を向けた。

小柄な男が坂道を駆け降りてきた。従者を二人ばかり引き連れているようだ。

「とまれ！　駿河の殿の御行列じゃ！　道を譲れ！」

先触れの若党が怒鳴りつける。しかし、小柄な男は臆することなく走り寄ってきた。

「関東郡代、伊那忠治《いなただはる》が家臣、鳶澤甚内《とびさわじんない》と申しまする！」

「えっ」

と、信十郎は絶句した。

「鳶澤の元締め……？」

見れば、たしかに甚内である。しかし、どうしてこんな所に突然、出現したのか。

（あっ……！）と、信十郎は思った。鳶澤甚内は、関東乱破《らっぱ》、風魔《ふうま》党の頭領である。

風魔党は戦国時代には小田原の北条家に仕えていた。

この箱根は小田原の背後を守る要衝。風魔党にとっては、自家の庭のようなものだ。

風魔党は北条家の滅亡後、盗賊に身を堕《お》として関東一帯を荒し回っていた。北条家に代わって領主となった徳川家をさんざん手こずらせたが、ついには家康に降伏し、その手先となることを誓ったのだ。

今、風魔党は関東郡代（関東の惣代官で、のちの勘定奉行に相当する）の伊那家に仕え、関東全域の情報収集や治安の維持に当たっていた。

青木勝五郎が前に出た。

「待て、胡乱《うろん》なヤツ！　殿に近づけさせてはならぬ！」

刀の鞘に反りを打たせて、今にも抜刀しそうな殺気を漲らせた。

「あいや、それがしの見知った者でござる」

信十郎は、殺気だった忠長主従を押しとどめた。

忠長が信十郎に目を向ける。

「波芝、そなた、この者を知っておるのか」

「ハッ、たしかに伊那忠治殿の御配下。大御所様にも目通りを許されている者にございまする」

「左様か。父の……。父が関東郡代に道中の警護を命じたのか。ウム！　鳶澤とやら、ようまいった！」

鳶澤甚内は忠長に拝礼して、それから信十郎にもちょっと目を向けて黙礼した。

「箱根の山中に潜伏いたしおる曲者ども、残らず関東郡代役所の手で討ち取り、捕らえ、あるいは追い払ってございまする。駿河大納言様には、どうぞ心置きなく、お進みくださいますよう」

「左様か！　でかした！」

パッと表情が晴れたのは忠長だけではない。家臣一同、そして信十郎も、憂いを晴らした顔をした。

(さすがは風魔党)

天海配下の山忍びたちも、箱根の山中では風魔の敵ではなかったのだ。

「いざまいらん！　一気に箱根越えじゃあ！」

持ち前の覇気を取り戻した忠長が吠えて、家臣たちが「鋭、鋭、応！」と唱和した。

先ほどまではおっかなびっくり、進んでいたのに、一気に馬を走らせて、坂道を駆け上っていく。

信十郎と鳶澤だけが、街道に取り残された。

「しかし、驚きました」

久闊《きゅうかつ》の挨拶もなしに、信十郎は言った。本気でそれぐらいに驚いていたのである。

鳶澤甚内はニッコリと笑った。

「なぁに、我らも京には配下を送っておりますから」

伝書鳩などの手段を使って、忠長の出京が伝えられたのだろう。さしもの山忍びも、空を飛ぶ鳩を邪魔することはできなかったのだ。

「それにねぇ、なにやら妙な一団がウロウロしていましたのでねぇ」

顔つきを引き締めてつづけた。

「箱根は我らの城ですから。箱根権現の御神域を胡乱な者どもに穢《けが》されるわけにはいきませぬ」

信十郎としては、畏れ入るばかりだ。

鳶澤甚内は胸を張った。

「箱根の道中では、関東郡代伊奈家と、我ら関東乱破の面目にかけて、大納言様をお護りいたします」

小田原から先は徳川家の天領だ。天領で忠長を暗殺しようとするほど、天海は無分別ではないだろう。

「とはいえ、油断はなりませぬぞ」

「まったくです。左様ならば、これにて」

信十郎は馬を進めた。忠長から目を離すことはできない。

「御武運を」

甚内が信十郎の背中に声をかけた。

五

九月十五日、忠長は江戸に到着した。京を発ったのが十一日であったから、四日で東海道を駆け抜けたことになる。

今回の上洛では、江戸を出発したのが七月十二日。入洛したのが八月二日。二十日の日数をかけている。つまり上洛に擁した五分の一の日数で帰って来てしまったのだ。

「母上ッ！」

旅塵まみれの真っ黒な姿で、忠長は奥御殿御錠口へと向かった。湯殿で汗を流したり、着替えをする時間さえ惜しい。一刻も早く、母の顔が見たくて仕方がなかった。

御錠口に乗り込んで、あがり框にドッカと足をかける。突然乱入してきた忠長の、凄まじい形相に驚いて、奥女中たちが悲鳴を張りあげた。

「大御台様はいずこじゃ！」

忠長は逃げまどう侍女の一人を捕まえると、衿首を締め上げるようにして問い質した。侍女は、その男が、駿河大納言だとは気づかなかったようだ。気の触れた乱心者だと思って、ひたすら怯え、泣き喚いた。

「ええいっ、母上はどこじゃと申しておる！」

そのとき、奥の廊下に通じる杉戸が開いて、一人の老女が静々と足を運んできた。

「お静まりなさいませ大納言様。ここは奥御殿にございまするぞ」

「ムッ、斉藤福か」

忠長は締め上げていた侍女から手を離した。

お福は、まったく感情を感じさせない、能面のような顔つきで立っている。顔面には分厚く白粉が塗り込まれてあるので、顔色を読み取ることもできない。

「福ッ、母上に会わせよ！　大御台様のご病状はいかに！」

「そのような大声をお出しなさいまするな。ここは奥御殿。上様よりほかは、何人《なんぴと》たりとも足を踏み入れることの許されぬ場所にございまするぞ」

表御殿は幕府の公的な役所である。一方、奥御殿は、将軍の個人的な住居であった。他人の家であるのだから勝手に踏み入ることはできない。将軍に限らず庶民だって、他人の家に対してはそれなりの遠慮が必要だ。

しかし、忠長は家光の弟、大御台の息子である。

「余は、兄上の名代じゃ！　名代として大御台を見舞いにまいったのじゃ！」

嘘ではない。病状を確かめてくれるよう、家光からも声をかけられていた。

家光の名を出せば、頑迷な斉藤福でも畏れ入って引っ込むだろう。と、忠長は思っていたのだが、案に相違して、福は道を譲ろうとしない。ますます無愛想な顔つきとなって、立ちはだかっている。

「いかがした！　退かぬかッ。母上のご病室はいずこなのじゃッ」

忠長が痺れを切らして詰め寄ると、斉藤福はわずかに顔を伏せた。

そのただならぬ様子に、忠長はハッと顔色を変えた。

「まさか、母上は……」

斉藤福は乾ききった唇を開いた。

「大御台様、一刻ほど前に、御薨去《こうきょ》なされてございまする」

「薨去……、い、一刻前、だと……」

いったい、何がどうなっているのか、今の忠長には理解できない。頭の中で何かがワンワンと唸っている。

「母上が、死んだ、と、申すか……」

忠長はカッと見開いた両目で、福を睨んだ。

福は、無言で頷いた。

「母上が死んだ……。母上が、死んでしまっただと！　そんな馬鹿な、そんな馬鹿な話が、あるかぁッ！」

忠長は福の両肩を摑んで揺さぶった。

「お亡骸は！」

「大御台様、ご病状著しく、お亡骸は見るも無残なお姿。ご対面は叶いませぬ」

「母の死に顔にも会わせぬと申すかッ！」

「万が一、うつる病であったらなんといたしましょうぞ！　駿河大納言様が同じ病に罹られては、それこそ天下の一大事！　大御台様はそのような不幸を望んではおられませぬ！　ご対面は、相成りませぬ！」

「馬鹿なッ、馬鹿なッ」

斉藤福の後ろには、男と見間違えるほどに屈強な女武芸者たちが何人も立ちはだかって、壁を作っている。浅はかにも、斉藤福の命《めい》に服すことしか頭にないらしく、大納言忠長の権威など、頭から見下しきった顔つきをしていた。

まさか、この者ども全員を成敗して進むことはできない。殿中での抜刀は忠長にとっても命取りだ。

忠長は吠えた。

「おのれ、福ッ！　この忠長、生涯そなたを許さぬぞッ！」

斉藤福は、「それなら今すぐにでも、あなた様を殺さねばなりませぬなぁ」と言うような目つきで、忠長を見つめ返した。


歴代将軍と、その御台所は、芝の増上寺か上野の寛永寺に祀られた。死体は防腐処理され、ミイラの状態で安置されていたのだが、お江与だけは、火葬にふされた。

なにゆえ死体を保存しようとしなかったのか。

毒を飲まされた痕跡が、はっきりと肌に浮かんでいたからではないか、とも、言われている。

六

お江与の火葬は麻布《あざぶ》の野原で行なわれた。

麻布は、増上寺の西に広がる原野である。麻布は昭和の中頃でも〝陸の孤島〟などと揶揄《やゆ》されていた僻地であった。当時はなおさら何もない。見渡す限りに夏草の広がる無人の荒野であった。

野原の真ん中に火屋《ひや》が建てられている。火屋を取り囲んだ茶毘《だび》屋は百間四方で四面に門を備え、額が掲げられていたという。

信十郎は原野の彼方から、立ちのぼる白い煙を見つめていた。

鬼蜘蛛がつまらなそうに唇を尖らせる。

「栄耀栄華を極めた将軍家大御台も、死んでしまえば一筋の煙や。儚《はかな》いもんやのぅ」

信十郎は、ふと、考えた。

お江与はかつて、豊臣秀吉の養女だったことがある。秀吉の娘という格式で、当時、豊臣家の臣下だった徳川家に嫁入りをしたのだ。

「つまりは、俺の姉だった、ということだ……」

顔すら見たことのない姉が、煙となって天に昇っていく。

信十郎は、深まりゆく秋の空を見上げた。

「信十郎」

キリが足音もなく背後に立った。

「すまぬ。オレの手落ちだ」

キリは悄然としている。服部半蔵としての面目を潰されたことに思い悩んでいる様子だ。

「いや……」

信十郎は思った。キリは母親になった。もはや、一人の忍びではない。もうそろそろ、服部宗家という重い荷物を肩から降ろしてもよいはずだ。

(次代の半蔵が、キリの代わりを勤めてくれるだろう)

それが稗丸なのか、それとも服部一族の中の誰かになるのか、それは誰にもわからない。

(大御台は死んだ。忠長殿は、いよいよ孤独に、追い詰められていく……)

忠長の存在を快く思わぬ者たちは、さらに過酷に、忠長を締め上げにかかるであろう。

次の半蔵の登場まで待てるかどうかはわからない。徳川家内の権力闘争は、ますます混迷の度を深めていくのに違いなかった。

時代小説

二見時代小説文庫

空城騒然《くうじょうそうぜん》　天下御免《てんかごめん》の信十郎《しんじゅうろう》7

著者　幡《ばん》 大介《だいすけ》

発行所　株式会社 二見書房
東京都千代田区三崎町二ー一八ー一一
電話　〇三ー三五一五ー二三一一［営業］
〇三ー三五一五ー二三一三［編集］
振替　〇〇一七〇ー四ー二六三九

印刷　株式会社 堀内印刷所
製本　ナショナル製本協同組合

落丁・乱丁本はお取り替えいたします。
定価は、カバーに表示してあります。

 ISBN978－4－576－11011－0
http://www.futami.co.jp/

快刀乱麻 天下御免の信十郎1

幡大介［著］

二代将軍秀忠の世、秀吉の遺児にして加藤清正の猶子、波芝信十郎の必殺剣が擾乱の策謀を断つ！雄大な構想、痛快無比！火の国から凄い男が江戸にやってきた！

獅子奮迅 天下御免の信十郎2

幡大介［著］

将軍秀忠の「御免状」を懐に秀吉の遺児・信十郎は、越前宰相忠直が布陣する関ヶ原に向かった。雄大で痛快な展開に早くも話題沸騰 大型新人の第2弾！

刀光剣影 天下御免の信十郎3

幡大介［著］

玄界灘、御座船上の激闘。山形五十七万石崩壊を企む伊達忍軍との壮絶な戦い。名門出の素浪人剣士・波芝信十郎が天下大乱の策謀を阻む痛快無比の第3弾！

豪刀一閃 天下御免の信十郎4

幡大介［著］

三代将軍宣下のため上洛の途についた将軍父子の命を狙う策謀。信十郎は柳生十兵衛らとともに御所忍び八部衆の度重なる襲撃に、豪剣を以って立ち向かう！

神算鬼謀 天下御免の信十郎5

幡大介［著］

肥後で何かが起こっている。秀吉の遺児にして加藤清正の養子・波芝信十郎らは帰郷。驚天動地の大事件を企むイスパニアの宣教師に挑む！ 痛快無比の第5弾！

斬刃乱舞 天下御免の信十郎6

幡大介［著］

将軍の弟・忠長に与えられた徳川の〝聖地〟駿河を巡り、尾張、紀伊、将軍の乳母、天下の謀僧・南光坊天海ら徳川家の暗闘が始まった！ 血わき肉躍る第6弾！

二見時代小説文庫

大江戸三男《さんおとこ》事件帖　与力と火消と相撲取りは江戸の華

幡 大介［著］

欣吾と伝次郎と三太郎、身分は違うが餓鬼の頃から互いに助け合ってきた仲間。「は組」の娘、お栄とともに旧知の老与力を救うべくたちあがる…シリーズ第1弾！

仁王の涙　大江戸三男事件帖2

幡 大介［著］

若き三義兄弟の末で巨漢だが気の弱い三太郎が、ひょんなことから相撲界に！ 戦国の世からライバルの相撲好きの大名家の争いに巻き込まれてしまった…

はぐれ同心 闇裁き　龍之助江戸草紙

喜安幸夫［著］

時の老中のおとし胤が北町奉行所の同心になった。女壺振りと島帰りを手下に型破りな手法と豪剣で、悪を裁く！ ワルも一目置く人情同心が巨悪に挑む新シリーズ

隠れ刃　はぐれ同心 闇裁き2

喜安幸夫［著］

町人には許されぬ仇討ちに人情同心の龍之助が助っ人。敵の武士は松平定信の家臣、尋常の勝負はできない。〃闇の仇討ち〃の秘策とは？大好評シリーズ第2弾

因果の棺桶　はぐれ同心 闇裁き3

喜安幸夫［著］

死期の近い老母が打った一世一代の大芝居が思わぬ魔手を引き寄せた。天下の松平を向こうにまわし龍之助の剣と知略が冴える！大好評シリーズ第3弾

夜逃げ若殿 捕物噺　夢千両すご腕始末

聖 龍人［著］

御三卿ゆかりの姫との祝言を前に、江戸下屋敷から逃げ出した稲月千太郎。黒縮緬の羽織に朱鞘の大小、骨董目利きの才と剣の腕で江戸の難事件解決に挑む！

二見時代小説文庫

山峡の城 無茶の勘兵衛日月録
浅黄 斑［著］
藩財政を巡る暗闘に翻弄されながらも毅然と生きる父と息子の姿を描く著者渾身の感動的な力作！本格ミステリ作家が長編時代小説を書き下ろし

火蛾《かが》の舞 無茶の勘兵衛日月録2
浅黄 斑［著］
越前大野藩で文武両道に頭角を現わし、主君御供番として江戸へ旅立つ勘兵衛だが、江戸での秘命は暗殺だった……。人気シリーズの書き下ろし第2弾！

残月の剣 無茶の勘兵衛日月録3
浅黄 斑［著］
浅草の辻で行き倒れの老剣客を助けた「無茶勘」こと落合勘兵衛は、凄絶な藩主後継争いの死闘に巻き込まれていく……。好評の渾身書き下ろし第3弾！

冥暗の辻 無茶の勘兵衛日月録4
浅黄 斑［著］
深傷を負い床に臥した勘兵衛。彼の親友の伊波利三は、ある諫言から謹慎処分を受ける身に。暗雲が二人を包み、それはやがて藩全体に広がろうとしていた。

刺客の爪 無茶の勘兵衛日月録5
浅黄 斑［著］
邪悪の潮流は越前大野から江戸、大和郡山藩に及び、苦悩する落合勘兵衛を打ちのめすかのように更に悲報が舞い込んだ。大河ビルドンクス・ロマン第5弾

陰謀の径《みち》 無茶の勘兵衛日月録6
浅黄 斑［著］
次期大野藩主への贈り物の秘薬に疑惑を持った江戸留守居役松田と勘兵衛はその背景を探る内、迷路の如く張り巡らされた謀略の渦に呑み込まれてゆく……

二見時代小説文庫

憤怒の剣 目安番こって牛征史郎

早見 俊［著］

直参旗本千石の次男坊に将軍家重の側近・大岡忠光から密命が下された。六尺三十貫の巨躯に優しい目の快男児・花輪征史郎の胸のすくような大活躍！

誓いの酒 目安番こって牛征史郎2

早見 俊［著］

大岡忠光から再び密命が下った。将軍家重の次女が輿入れする喜多方藩に御家騒動の恐れとの投書の真偽を確かめよという。征史郎は投書した両替商に出向くが…

虚飾の舞 目安番こって牛征史郎3

早見 俊［著］

目安箱に不気味な投書。江戸城に勅使を迎える日、忠臣蔵以上の何かが起きる―将軍家重に迫る刺客！征史郎の剣と兄の目付・征一郎の頭脳が策謀を断つ！

雷剣の都 目安番こって牛征史郎4

早見 俊［著］

京都所司代が怪死した。真相を探るべく京に上った目安番・花輪征史郎の前に驚愕の光景が展開される…。大兵豪腕の若き剣士が秘刀で将軍呪殺の謀略を断つ！

父子の剣 目安番こって牛征史郎5

早見 俊［著］

将軍の側近が毒殺された！ 居合わせた征史郎に嫌疑がかけられる！ この窮地を抜けられるか？ 元隠密廻り同心と倅の若き同心が江戸の悪に立ち向かう！

居眠り同心 影御用 源之助 人助け帖

早見 俊［著］

凄腕の筆頭同心がひょんなことで閑職に――。暇で死にそうな日々にさる大名家の江戸留守居から極秘の影御用が舞い込んだ。新シリーズ第1弾！

朝顔の姫 居眠り同心 影御用2
早見俊［著］
元筆頭同心に御台所様御用人の旗本から息女美玖姫探索の依頼。時を同じくして八丁堀同心の不審死が告げられた。左遷された凄腕同心の意地と人情。第2弾

与力の娘 居眠り同心 影御用3
早見俊［著］
吟味方与力の一人娘が役者絵から抜け出たような徒組頭次男坊に懸想した。与力の跡を継ぐ婿候補の身上を探れ！「居眠り番」蔵間源之助に極秘の影御用が…！

誇《ほこり》 毘沙侍《びしゃじ》 降魔《ごうま》剣1
牧秀彦［著］
奉行所も火盗改も裁けぬ悪に泣く人々の願いを受け竜崎沙王ひきいる浪人集団〝兜跋組〟の男たちが邪滅の豪剣を振るう！荒々しい男のロマン、瞠目の新シリーズ！

母《はは》 毘沙侍 降魔剣2
牧秀彦［著］
吉原名代の紫太夫が孕んだ。このままでは母子ともに苦界に身を沈めてしまう。元弘前藩士で兜跋組の頭・竜崎沙王は、実の妹母子のため剣をとる！第2弾

男《おとこ》 毘沙侍 降魔剣3
牧秀彦［著］
江戸四宿が、悪党軍団に占拠された。訳あって江戸四宿のそれぞれに向かった〝兜跋組〟四天王は単身、乗っ取り事件の真っ只中に。はたして生き延びられるか？

将軍の首 毘沙侍 降魔剣4
牧秀彦［著］
将軍家の存亡にかかわる一大事が画策された！御側御用取次の出自が公になるとき、驚天動地の策謀が成就する。老中水野は身を挺して立ちはだかるのだが…

水妖伝 御庭番宰領
大久保智弘［著］
信州弓月藩の元剣術指南役で無外流の達人鵜飼兵馬を狙う妖剣！　連続する斬殺体と陰謀の真相は？時代小説大賞の本格派作家、渾身の書き下ろし

孤剣、闇を翔ける 御庭番宰領
大久保智弘［著］
時代小説大賞作家による好評「御庭番宰領」シリーズ、その波瀾万丈の先駆作品。無外流の達人鵜飼兵馬は公儀御庭番の宰領として信州への遠国御用に旅立つ。

吉原宵心中 御庭番宰領3
大久保智弘［著］
無外流の達人鵜飼兵馬は吉原田圃で十六歳の振袖新造・薄紅を助けた。異様な事件の発端となるとも知らずに……ますます快調の御庭番宰領シリーズ第3弾

秘花伝 御庭番宰領4
大久保智弘［著］
身許不明の武士の惨殺体と微笑した美女の死体。二つの事件が無外流の達人鵜飼兵馬を危地に誘う…。時代小説大賞作家が圧倒的な迫力で権力の悪を描き切った傑作！

無の剣 御庭番宰領5
大久保智弘［著］
時代は田沼意次から松平定信へ。鵜飼兵馬は有形から無形の自在剣へと、新境地に達しつつあった……時代小説の新しい地平に挑み、豊かな収穫を示す一作

剣客相談人 長屋の殿様 文史郎
森詠［著］
若月丹波守清胤、三十二歳。故あって文史郎と名を変え、八丁堀の長屋で貧乏生活。生来の気品と剣の腕で、よろず揉め事相談人に！　心暖まる新シリーズ！